急行奥《おく》只《ただ》見《み》殺人事件

西村京太郎

祥伝社文庫

目次

只見線沿線図
0 10 20km
山形県
新潟県
新潟
新津
磐越西線
信越本線
会津坂下
喜多方
郡山駅方面へ
会津川口
入広瀬
只見
長岡
会津若松
猪苗代湖
只見線
小出
田子倉湖
福島県
浦佐
奥只見湖
上越新幹線
群馬県
栃木県
N

第一章　三つの死

1

上越《じようえつ》新幹線で、一番小さな駅は、長岡《ながおか》の一つ手前の浦佐《うらさ》駅である。

それでも、在来線（上越線）の浦佐駅に比《くら》べれば、渡し舟の傍《そば》に、巨大なマンモスタンカーが、横たわっている感じがする。

浦佐駅のあるところは、新潟県南魚沼《みなみうおぬま》郡大和町《やまとまち》（現・南魚沼市）である。

人口一万五千人といっても、村が三つ集まって、新しい大和町という名前がつけられただけに、駅前を少し離れると、一面に田畑が、大きく広がっている。

遠くには、越後三山只見《えちごさんざんただみ》国定公園の八海《はっかい》山系の山々が見え、五月に入っても、頂上のあたりは、白く、雪がかぶっていた。

「角栄《かくえい》さんのおかげで、道路も、橋も、よくなりましたよ」

と、町の人たちがいうように、浦佐で降りた人々が、まず、眼にするのは、見事に舗装《ほそう》された道路と、真新しい橋である。

この大和町には、全日制の高校がないので、現在、その誘致《ゆうち》運動が行われていて、その立札が、ところどころに、立っているのが見える。

おもしろいことに、というのか、それとも、奇妙なことにというのか、全日制の高校のないこの大和町に、立派な大学が、あるのだ。

この大学の存在を知らない旅行者が、一面の畑の中を車で走っていて、突然、眼の前に、大きな建物が現われ、そこに、「国際大学」の文字を見たら、きっと、びっくりするだろう。

International University of Japan という文字も見える。

きゃべつや、西瓜《すいか》畑の間に立って、三階建の広々とした大学の建物を見ていると、何となく、おらが町の大学という言葉が、ふさわしい気がしてくる。

田んぼの真ん中にある大学だからといって、インチキ大学ではない。

理事会も、評議員会も、財界の大物で、財界が、資金を出した大学といえるだろう。

専任教授が三十名、非常勤講師二十名、客員教授（外国人）七名に対して、学生数は、わずか百二十名である。

キャンパスは広く、野球場、サッカー場、テニスコート、屋内プールなども完備し、教職員宿舎、学生寮もある。学生の中には、結婚している者もいるので、世帯用の宿舎も造られている。

多分、日本で、もっとも、設備の完備した大学といえるかも知れない。

ただ、この国際大学は、大学を卒業したあと入る大学院で、二年制、教育内容は、外国語や、国際政治が主である。

学生のうち、三分の一は、留学生で占《し》められている。

日本人の学生に、大会社の出向社員が多いのは、財界が出資して造られた大学だからだろう。

K銀行の川島伸行《かわしまのぶゆき》は、去年、この国際大学に入学した。

入学資格の一つに、「企業、官公庁の実務経験（二～五年）を有する大学卒業者」という項目があり、川島は、それに、適格していた。

川島は、そこで、インドネシア語を学び、アジア地域の研究を選択した。K銀行が、インドネシアに支店を開くことになっていたからである。

川島は、二十七歳。同じK銀行に勤めている恋人がいる。この大学を卒業したら、結婚するつもりだった。そして、多分、新婚旅行は、インドネシアになるだろう。

川島は、学生寮に入っている。恋人の広田美紀《ひろたみき》は、時々、遊びに来た。上越新幹線を使えば、上野《うえの》から浦佐まで、わずか、一時間四十分、浦佐駅からは四キロ、車なら十分である。

今年の冬には、美紀は、三日間の休暇をとって、スキーにやって来た。浦佐スキー場があるからである。

川島は、ここへ来て、自転車と、釣竿《つりざお》を買った。サイクリングを楽しむためと、近くの魚野《うおの》川で釣《つ》りをするためだった。

浦佐の駅前に、スキーに来る若者目当てのスナックなどができたが、大和町には、酒を飲んで騒ぐという所はない。その代りに、景色と、空気は良かった。

川島は、毎朝、自転車で、五、六キロ走ることにしていた。道路は、すべて舗装されていて走りやすいし、空気がいいので、運動になるからだった。

五月十四日の朝も、川島は、トーストと牛乳で朝食をすませると、自転車に乗って、学生寮を出た。

今度の土曜日に、泊りがけで、美紀が訪ねて来ることになっていた。

（今度は、彼女を、温泉にでも連れて行くかな）

と、川島は、自転車を走らせながら、考えていた。近くに、折立《おりたて》、大湯《おおゆ》、栃尾又《とちおまた》と、温泉があり、その中の大湯温泉には、同じ学生寮の仲間と、行ったことがあった。

ふいに、前方に、人影が、現われた。

川島は、何か、用かと思い、自転車を停《と》めて、無警戒に、

「何ですか？」

と、声をかけた。

相手は、黙って近づいてくると、いきなり、隠し持っていた鈍器《どんき》で、殴《なぐ》りかかってきた。

2

午前九時四十分頃。

国際大学に、印刷物を届けに来た田口《たぐち》印刷のライトバンの運転手が、転がっている自転車と、倒れている川島を発見した。

あわてて、車を停めた運転手は、最初、川島が、死んでいるとは思わなかった。自転車が倒れ、乗っていた人間が、道路に放り出され、頭を強く打って、気絶しているのだと思った。

身体をゆすってみたが、まったく、反応がない。おまけに、後頭部に、血がこびりついていて、陥没《かんぼつ》しているのに、気がついた。

運転手は、顔色を変え、ライトバンを、国際大学へ走らせ、助けを呼んだ。

大学の事務員二人が、現場に駆けつけ、倒れているのが、学生の川島伸行だと、確認して大騒ぎになった。

救急車を呼び、これも、立派すぎる「ゆきぐに大和総合病院」に、川島は、運ばれた。

しかし、川島は、すでに、死亡していたし、外傷の様子から見て、事故死ではなく、殺人の可能性が出て来た。

六日町《むいかまち》警察署（現・南魚沼警察署）から、パトカーで、刑事が二人やって来た。

この大和町にも警官はいるが、殺人事件ともなると、隣り町の六日町署から、刑事が、やって来る。

畠中《はたなか》、安藤《あんどう》という刑事二人だった。

年輩の畠中刑事は、遺体を見たあと、

「ひどいな」

と、若い安藤刑事に向って、眉《まゆ》をひそめて見せた。

「犯人は、少なくとも、四、五回は、殴りつけているよ」

「よほど、憎んでいたということでしょうか?」

二十六歳の安藤は、遺体に眼をやりながら、きいた。

「それとも、止《とど》めを刺す気で、殴り続けたのか」

「被害者は、国際大学の学生だそうです」

「それじゃあ、あの大学の先生や、友人と、会って、話を訊《き》いて来ようじゃないか」

と、畠中が、いった。

二人の刑事は、大学へ出かけ、いくつかの知識を仕入れた。

被害者川島伸行は、K銀行のエリート行員であること、東京から来て、この大学の学生寮に入っていたこと、恋人との結婚が決まっていたこと、毎朝、サイクリングに出かけていたことなどである。

(東京の人間か)

と、畠中は、口の中で、呟《つぶや》いた。

別に、東京に、反感を持っているわけではなかった。ただ、少しばかり、厄介《やっかい》な事件になりそうだと思ったのである。

単純な物盗《ものと》りの犯行とは、考えられない。

トレーニングウエアで、自転車に乗っている人間が、大金を持っているわけがない。物盗りは、そんな人間を、襲ったりはしないだろう。

それに、川島のトレーニングウエアのポケットには、一万八千円入りの財布《さいふ》が、残っていたし、腕時計と、金のネックレスも、盗られてはいなかった。

となると、残るのは、怨恨《えんこん》の線である。

被害者が、東京の人間だとすると、怨恨の原因が、大和町の国際大学の中にあるとも考えられるし、東京にあるとも考えられるのだ。

川島は、K銀行から出向の形になっていたので、彼が殺されたことは、すぐ、K銀行に、連絡された。

恋人の広田美紀は、一三時一七分浦佐着の「とき407号」で、駈けつけた。

しっかりした女性に見えたが、それでも、遺体と対面したあとは、質問がはばかられる嘆《なげ》きようだった。

そのうちに、彼女の方から、殺された場所を見たいといった。

畠中は、彼女を、パトカーで、現場に、案内した。

彼女は、そこに立つと、周囲を見廻《みまわ》し、

「こんな所で……」

と、呟いた。

畠中だって、こんな所で、殺人があったとは、信じられない。

五月の太陽が、眩《まぶ》しく、降り注いでいる。

まわりは、西瓜《すいか》畑である。この辺りの西瓜は、八色《やいろ》西瓜として、有名だった。

遠くの水田では、今、苗の植えつけのシーズンである。

平和そのものとしか、いいようのない景色だった。

だが、間違いなく、川島伸行は、ここで、殺されたのである。その証拠に、舗装された道路には、彼の後頭部から流れた血が、黒く、こびりついている。

「川島さんは、ここで殺されました」

と、畠中は、いった。

「多分、習慣になっている朝のサイクリングに出かけ、ここで、犯人に、出会ったんだと思いますね。川島さんは、何の警戒心も持たず、自転車を降りて、近づいて行ったんでしょう。犯人は、隠し持っていた凶器で、いきなり、川島さんの後頭部を、殴りつけたんです」

「誰が、そんなひどいことを――？」

「それを、調べているんです。川島さんは、よく、連絡して来ましたか？」

「毎日、夜の十時に、電話をくれていましたわ。短い電話ですけど」

「その電話の中で、教授や、同じ学生のことで、何かいっていませんでしたか？　嫌《いや》な奴がいるとか、ケンカをしている人間がいるとかいったことを」

畠中が訊くと、美紀は、すぐに、

「ありませんでしたわ。あの大学は、年輩の人が多いので、ケンカをすることもないし、上手《うま》くやっていると、いつも、いってました」

「この大和町の人たちとは、どうだったんでしょう。軋轢《あつれき》のようなものは、なかったんですか？」

「なかったと思いますわ。というのは、この大学は、大和町が、誘致したもので、町長さんも、理事の一人になっていると、彼から、きいたことがありますわ」

「なるほど」

と、畠中は、肯《うなず》いた。

大和町には、国際大学のほかに、北里《きたざと》研究所の保健衛生専門学院も、ある。こちらも、田んぼの真ん中に、純白の立派な建物が、建っているという感じである。

美紀は、言葉を続けて、

「これは、彼が、笑いながらいったことですけど、北里学院の方は、学生寮がないので、町の人たちが、アパートや下宿で、学生相手の商売ができているが、大学の方は、寮が完備しているので、その方のうまみがない。もし、町民が、大学に対して、文句があるとすれば、そんなことぐらいですわ。でも、そんなことで、殺したりはしないと思います」

確かに、その通りだろうと、畠中も、思った。

第一、町民の間に、そんな不満があったとしても、その怒りは、大学の関係者に向けるはずで、学生を殺すことは、まず、考えられない。

美紀が、学生寮の川島の部屋を見たいというので、畠中たちも、ついて行った。

二十七歳という年齢だったせいか、落ち着いた感じの部屋だった。

ステレオといったような品物が見当らないのは、二年間で卒業という期間のせいだろう。

テレビも、六インチの小さなものがあるだけである。

机の上には、美紀と二人で撮った写真が、飾ってあった。

「これを、いただいて行っていいでしょうか？」

と、美紀が、大学の事務員に、きいている。

畠中は、川島宛に来ている手紙に、眼を通した。脅迫めいた文面のものがなかったかどうかを知りたかったからだ。それらしい手紙は、一通も、見当らなかった。

学校自体にも、脅迫状が来たことはないということだった。

畠中と、安藤の二人は、美紀を、残して外へ出た。

「いい天気だねえ」

と、畠中は、眩しそうに、空を見上げ、上衣《うわぎ》を脱いだ。

この辺りは豪雪地帯だが、盆地なので、この季節に、いい天気だと、暑いくらいだ。

「どうも、被害者が、個人的に、恨《うら》みを持たれていた様子は、ありませんね」

安藤が、いった。

「といって、物盗りでもない。犯人は、どんな奴かな」

「被害者が、自転車を、犯人に、ぶつけてしまったんじゃないですかね」

「ぶつけた？」

「横を向いて、自転車をこいでいて、前を歩いている人間に、ぶつけてしまったんじやないですか。それで、ケンカになった。今の連中は、すぐ、かっとしますからねえ。被害者だって、まだ二十代ですから、やり合ったんじゃないですかね。それで、相手が、被害者を、殴り殺したと、考えてみたんですが――」

「しかしねえ」

と、畠中は、周囲を見廻した。

大学の近くを関越《かんえつ》自動車道が走っているが、行きから車はまばらである。とにかく眠っているように、のどかだった。

「ここの人間が、かっとして、相手を殴り殺すなんてことが、考えられるかね？　しかも、犯人は、凶器を持っていたんだ。とっさに、手近にあった石で殴ったというんじゃないんだよ。どうも、自転車をぶつけて、それが原因というのは、ちょっと、考えられないねえ」

「じゃあ、何か事件に巻き込まれたんじゃありませんか？　昨日見たテレビで、そんなのを、やっていましたよ」

「これは、テレビとは、違うよ。それに、この大和町じゃ、ずっと、事件らしい事件は、起きていないんだ」

畠中は、苦笑しながら、いった。実をいえば、彼も、昨日、同じテレビを見ていたからである。なかなか、おもしろいストーリイだった。だが、テレビは、テレビだ。

捜査本部が、その日のうちに、設置され、捜査員も、増やされた。

川島伸行の遺体は、解剖《かいぼう》に廻され、刑事たちは、現場付近の訊き込みに、動き廻った。

しかし、現場が、西瓜畑の間を走る農道の上だったことや、朝早くだったせいで、目撃者は、いっこうに、見つからなかった。

解剖の結果も、死亡推定時刻は、午前七時から八時の間となった。

発見されたのが、九時四十分だから、少なくとも、一時間四十分は、死体は、誰にも発見されなかったことになる。それだけ、人間が周囲にいなかったということだろう。

新潟県警では、一応、怨恨説をとったが、それ以上の発表はされなかった。

今のところ、被害者自身に、他人《ひと》の恨みを買うような事情が、見つからないこともあったし、何といっても、東京の人間だった。恨みを買う原因は、東京にあるのではないかという気があったからでもあった。

県警本部では、東京の警視庁に、川島伸行の家族や、交友関係について、調べてくれるように、依頼した。

その結果が、報告されて来るまで、この殺人事件について、進展がありそうにないと、畠中刑事は、直感していた。被害者の川島伸行に、殺されるだけの理由が、見つかりそうになかったからである。

3

只見線は、上越線の小出《こいで》駅から、会津若松《あいづわかまつ》までを走るが、急行「奥只見」は、浦佐から出発し、小出を経て、会津若松まで行く。

この急行で、浦佐から会津若松まで、四時間六分かかる。

その会津若松は、今、修学旅行の季節だった。

若くして、城と運命を共にした白虎《びやっこ》隊の史実と、野口英世《のぐちひでよ》の出世物語が、青少年の教育に役立つと、学校側が考えるのか、市内のどこにも、修学旅行の子供たちが、ぞろぞろと、歩いていた。

会津藩の居城として有名な鶴《つる》ケ城《じょう》も、もちろん、そのコースに入っていて、観光バスが着き、修学旅行の生徒たちが、降りてくる。

昭和四十年に再建された天守閣《てんしゅかく》に昇ったり、土井晩翠《どいばんすい》の「荒城《こうじょう》の月」碑のある本《ほん》丸《まる》跡を歩いたりするのだが、さほど、感心したような顔を見せていないのは、多分、強行軍で、疲れているからだろう。

鶴ケ城跡を囲むお濠《ほり》では、五月十五日の今日から、水抜き作業が始まっていた。底に、ヘドロがたまり、水の濁《にご》りが激しくなったからである。

城壁の上では、観光客や、修学旅行の生徒たちが、次第に下がっていく水面を、おもしろそうに、眺めていた。

引率の教師が、危いから、身を乗り出さないようにと、大声で、注意している。

難攻不落を誇った名城だけに、濠に面した石垣は、角度が急で、しかも高い。高さは十メートル近く、垂直に近いし、石垣の上には、手すりもないので、落ちたら、恐らく、助からないだろう。

突然、彼等《かれら》の間から、「あれっ」という驚きの声が、あがった。

水面に、ふいに、人間の両足首が、現われたからだった。

片足は、靴をはいているが、もう片方は、脱げてしまっている。

観光客も、騒ぎだした。

誰かが知らせたと見えて、派出所の警官も、駈けつけてきた。

そうしている間にも、濠の水面は、着実に低くなり、膝頭《ひざがしら》のあたりまで、見えてきた。

まぎれもなく、それは、男の両足だった。

手こぎのボートが出されて、警官が、その男の引き上げにかかった。

そのボートには、二人の若い警官が乗っていたのだが、ボートの安定が悪いので、二人では、引き上げることができず、もう一艘《そう》のボートが、繰り出された。

三十分後に、中年の男の遺体が、引き上げられた。

警官たちは、汗をかいているが、それほど驚いてはいなかった。

と、いうのは、毎年、桜の季節になると、石垣の上には、桜が咲き、ぼんぼりもつくので、夜桜見物に、多くの市民が訪れる。

花見には、酒が付きもので、酔った人間が、石垣の上から、濠に向って、立ち小便をしていて、落ちることが、あったからである。

助かる場合もあるし、死者も出ていた。

今は、桜の季節を過ぎているが、石垣の上は、絶好の遊歩道になっていて、アベックが、集まる。

多分、この男も、夜、石垣の上を歩いていて、落ちたのだろう。

「ズボンのチャックが、開いてないね」

警官の一人が、いった。

「じゃあ、立ち小便の最中に、落ちたんじゃないんだ。あの上から、のぞき込んでいて、落ちたんだろう」

もう一人の警官が、いった。どちらでも、同じだという響きのあるいい方だった。

石垣の上が、危険なことは、前から、いわれていることだった。と、いって、鉄柵を設《もう》けると、鶴ケ城の美観が損《そこ》なわれると、反対の声が、起きる。

明らかに、事故死だと、引き上げた警官たちは、決めていた。

あとは、身元の確認である。

男は、夏物の淡いブルーの背広を着ていた。ヘドロで、汚れ、水浸《びた》しになっていた背広である。

警官たちは、その背広のポケットをさぐった。

外側のポケットには、何も入っていなかった。落下するとき、飛び出してしまったのかも、知れない。

内ポケットには、タテ長の黒い革財布が入っていた。

中身は、十二枚の一万円札と、五枚の千円札である。

その財布には、カードが、五枚、入っていた。銀行のキャッシュカードが二枚、デパートのカードが一枚、テレビで宣伝しているアメリカのクレジットカードが一枚、そして、最後のカードは、東京銀座《ぎんざ》のクラブ「泉《いずみ》」の会員証である。多分、会員制の店なのだろう。

どのカードの名前も、同じ今西浩《いまにしひろし》になっているから、これが、変死者の名前と見ていいだろう。

「東京の人間か」

と、警官の一人が、呟いた。

4

男の遺体は、会津若松警察署に、運ばれた。

男の年齢は、四十五、六歳だから、恐らく、妻子もあるだろう。

まず、家族に、知らせなければならない。

住所のわかる運転免許証のようなものはなかったので、キャッシュカードの銀行に、電話をかけてみた。

最初、銀行は、警戒気味だったが、こちらが、警察であることをいい、カードの主の今西浩が、会津若松市内で死亡したと告げると、この男のことを、話してくれた。

住所は、東京の千代田《ちよだ》区で、電話番号も、教えてくれた。

自分で、宝石店を銀座に持ち、二億円を越す定期預金があるという。

会津若松署の小林《こばやし》刑事が、教えられた電話にかけてみた。

「今西でございますが」

という若そうな女の声が、きこえた。

「奥さんをお願いします」

と、小林がいったのは、若いお手伝いかと思ったからである。

だが、「私ですが」という言葉が、返ってきた。

(若い奥さんか)

と、思いながら、

「ご主人のことですが」

「主人は、旅行中でございますけど」

「それが、お気の毒ですが、亡くなられました。すぐ、会津若松警察署へ、おいで下さい。こちらの電話番号を、申しあげておきます」

「本当に、主人が、亡くなったんですか？　信じられませんけど」

「ご主人は、年齢四十五、六歳、一七〇センチくらいで、右眼の横に、ホクロがありませんか？」

「ええ」

「淡いブルーの夏物の背広。靴は、黒で、スイスのバリー。腕時計は、カルチエ。そうじゃありませんか？」

「間違いなく、主人ですわ」

「本当に、お気の毒です」

「すぐ、参ります」

「お願いします。私は、小林といいます」

それだけ、いって、小林は、受話器を置いた。

今日の夕刊には、「東京の観光客、鶴ケ城の石垣の上から、濠に、転落死」と、載《の》るのだろう。

東京の銀座で、宝石店をやっていて、二億円の預金があって、若い妻を貰って、羨《うらや》ましい身分だが、こんな死に方をしたのでは、当人も、浮かばれないだろうなと、小林は、思った。

（酔っていて、落ちたのだろうか？）

変死者今西浩の妻、佐和子《さわこ》は、その日の午後三時過ぎに、会津若松署に、姿を見せた。

小林刑事の思った通り、二十七歳と若く、宝石店の奥さんというよりも、宝石の似合うモデルの感じだった。

彼女が、現われた時、その場にいた若い警官たちの間で、声にならないざわめきが生れたのは、佐和子の日本人離れした鋭角的な美貌《びぼう》のせいだろう。

四十歳になる小林も、眩《まぶ》しいものでも見るような眼で、彼女を見た。

まず、佐和子を、遺体の所に、案内した。

彼女は、立ったまま、じっと、遺体を見下ろした。

小林は、少し離れた所に立って、彼女と、彼女の前に横たえられている中年の男の遺体を見比べていた。

（この二人を、結びつけていたものは、何なんだろう？）

ふと、そんなことを考えたくなるような雰囲気《ふんいき》を、佐和子は、持っていた。

佐和子は、涙を見せず、しばらく、遺体を見ていたが、小林を振り返ると、

「主人に、間違いありませんわ」

と、はっきりした声で、いった。

「お悔《くや》み申しあげます」

小林は、小さく、頭を下げて、いった。

「主人の遺体は、すぐ、引き取って構いませんの？」

「そうですね、今のところ、問題はないと思っていますが」

「主人は、どこで、亡くなっていたんでしょうか？」

「それは、他の部屋で、お話ししましょう」

小林は、佐和子を、応接室へ案内した。

若い警官が、お茶を運んでくれたが、興味しんしんという顔で、彼女を見て行った。

彼女の方も、他人《ひと》に見られることに慣れている感じだった。

小林は、鶴ケ城の濠で、死体が見つかった事情を話した。

「この町の人間でも、酔っていて、石垣の上から落ちることがあるんです。安全のために、柵を作ったらという話もありますが、美観の点から、反対がありましてね」

「可哀《かわい》そうに――」

佐和子が、小さく呟いた。

一瞬、小林は、ききとれなくて、

「えっ」

「そんな死に方をして、可哀そうな主人だと思いましたの」

「そうですね。それで、ご主人は、一人で会津若松へいらっしゃったようですね」

と、小林はいった。

同行者がいたなら、今西が、濠に転落したのだから、あわてて、警察に、電話をかけているだろう。

「主人は、一人旅が、好きだったんです」

「奥さんを、連れずにですか？」

「ええ。それが、主人の唯一《ゆいいつ》の道楽みたいなものでしたわ。行先もいわずに、ふらっと、旅に出るんです。四、五日、そうやって、気ままな旅をしてくると、リフレッシュされて、また、仕事に対する意欲がわくと、いつも、いっていましたわ」

「すると、今度も、奥さんには、行先を告げてなかったんですか？」

「ええ。旅に行ったのは、知っていましたけど、会津若松に来ていたのは、知りませんでしたわ」

「お酒は、お好きでしたか？」

「ええ、好きでした。旅に出ると、その土地の地酒を買って帰るくらいでしたから」

「地酒をですか」

小林は、ちらりと、佐和子の指に眼をやった。

大きなダイヤの指輪だった。恐らく、二千万近くは、するものだろう。

「鶴ケ城に案内していただけます？」

佐和子が、急にいった。

小林は、パトカーで、彼女を、鶴ケ城へ、連れて行った。

今日一日、五月《さつき》晴れのいい天気で、まだ、午後の陽差《ひざ》しが熱かった。

鶴ケ城を見物に来た観光客の中には、上衣を脱いでいる人も多い。

小林は、石垣の上に、佐和子を案内した。

濠の水は、もう、ほとんど干上《ひあ》がっていた。

「このちょうど下で、見つかったんです」

と、小林は、石垣の下を、指さした。

佐和子は、身を乗り出してじっと、見下ろしていたが、ふっと、溜息《ためいき》をついて、後ずさりした。

「ずいぶん、急ですのね」

「そうです。この城の石垣は、忍者でも、登れなかったといわれています」

「主人が落ちるところを、誰か、見た人は、いるんですか?」

「今のところ、目撃者は、いません。多分、暗くなってから、今西さんは、ここに来られて、足を踏み外して、転落されたんだと思いますね」

「夜でも、ここに来る人がいるんですの?」

「石垣の上が、ごらんのように、小道になっていて、所どころに、洒落《しやれ》た街灯がついていますからね。桜の頃は、夜桜見物の人で、賑《にぎ》わいます。それに、少し先に、お殿様が、月見の宴《うたげ》を開いた場所もあります」

「そうですの」

「どうされますか? 少し、歩いてみますか?」

「いいえ。もう、結構ですわ」

佐和子は、かたい声でいうと、自分から、石垣を降りて行った。

5

浦佐と、会津若松の間に、奥只見郷が、ある。

その新潟県側に広がる北魚沼郡入広瀬村《いりひろせ》(現・魚沼市)は、二年前から、「山菜共和国」を、唱《とな》えるようになった。

ミニ共和国は、今の流行である。

この入広瀬村でも、それに便乗した感がないでもない。

土地の九十パーセントが山地のこの村では、山菜の生産が、大きな産業の一つになっている。

山菜を食べさせることが売り物の民宿もできた。

山菜共和国の誕生には、山菜の入広瀬村を、売り出そうという村民の悲願が、こめられていたといってもいい。

山菜の一つ、ぜんまいを図案化した国旗もできている。

村長は、名誉大統領である。

山菜生産組合の組合長は、首相になった。

入広瀬村の中を、只見線が走っていて、三つの駅がある。

そのうち、正式な駅員がいるのは、福島県との境に近い大白川《おおしらかわ》駅だけだった。

ここの駅長は、当然のことながら、共和国の交通大臣に任命された。

その他、民宿のおやじは、観光大臣、営林署の人間は、林野大臣というわけである。

村にある駐在所には、二宮《にのみや》という二十八歳の警官がいた。

この村の生れである。彼は、公安大臣の肩書きを貰った。

二宮は、すでに結婚していて、三歳年下の妻と、一歳になる息子と一緒に、駐在所の裏にある宿舎に住んでいた。

公安大臣といういかめしい肩書きを貰ったが、二宮の仕事そのものが、いかめしくなったわけではない。

静かなこの入広瀬村では、事件らしい事件は、ここ数年、起きていなかった。

冬の豪雪の時期には、村人と一緒に、除雪をしたり、近くの山に、熊が出たときくと、拳銃を携行《けいこう》して、出かけていく。大きな仕事といえば、そのくらいのものだった。

それが、五月十六日の朝になって、急に、忙しくなってしまった。

数年ぶりに、この村で、殺人事件が、発生したからである。

朝の八時過ぎに、男の死体が見つかったと知らされ、二宮は、自転車を、走らせた。

現場は、只見線の入広瀬駅から少し離れたところで、山菜をとりに来ていた婆《ばあ》さんが、近くの川に沈んでいる男の死体を見つけたのである。

川は、雪どけで、水量を増していたが、よどみが、所どころにあって、そこに、死体が沈んでいた。

二宮は、駈けつけた村役場の職員に手伝って貰って、死体を、川から引っ張り上げ、地面に、仰向《あおむ》けに、寝かせた。

見なれない顔の、三十七、八歳の男だった。

「他所者《よそ》だな」

と、村役場の田中《たなか》が、いった。

「そうだな」

「山菜をとりに来ていて、川に落ちたのかね」

「――」

「どうしたんだ？　駐在さん」

「首に、水色の紐《ひも》が、巻きついている」

二宮は、甲高《かんだか》い声で、いった。

田中の顔も、こわばってしまった。

「本当だ。紐だ。そんじゃあ、その男は――」

「殺されたんだ」

「すぐ、村長に知らせてくる」

と、田中は、駈け出して行ってしまった。

残された二宮は、小さく、身ぶるいした。

彼が、この村の駐在所に勤務するようになってから、初めての殺人事件なのだ。

百メートルほど先の鉄橋を、二両連結の只見線の列車が、ごとごとと、音を立てて、通過して行った。

（こういう時には、まず、落ち着くことが必要だ）

と、二宮は、自分に、いいきかせた。

一瞬だが、自分が、テレビの刑事物の主人公になったような気がした。

（現場保存に努め、なるべく早く、所轄署に連絡しなければならない）

と、思ったが、村役場の田中は、いきなり駈け出して行ってしまったし、発見者の婆さんは、どこかに行ってしまった。

この上、二宮が、死体を置いて、連絡に走ってしまうと、現場保存の責任が、果せなくなる。

二宮は、自分に、そういいきかせ、その一方で、恰好《かっこう》のいい刑事の真似《まね》も、ちょっとしたくて、死体の傍にかがみ込んだ。

よく見ると、死体の首にからみついている水色の紐は、ネクタイであることに、気がついた。

死体の男は、夏物の白い麻の背広を着ていて、ネクタイもしているから、絞殺に使ったネクタイは、犯人のものだろう。

二宮は、しばらくためらってから、手を伸ばして、ぬれた上衣のポケットを、調べてみた。

今日のこの事件は、日誌につけなければならない。それには、どこの人間か、調べておかなければと、二宮は、考えたのである。

背広の外側のポケットを、まず調べたが、右側には、革《かわ》の小銭入れが入っていた。百円玉や、十円玉が、十二、三枚である。

次に、左側を調べたが、ポケットの中から出て来たものを見て、二宮は、あれ？という顔になった。

小さな、透明なポリエチレンの袋に入った子供の駄菓子《だがし》だったからである。

イチゴの絵が印刷されていて、「イチゴ、ラムネ菓子」と、書いてある。

桃色の錠剤のような菓子が、何粒も入っていて、定価は、十円だった。

袋は、破ってないから、まだ、食べていなかったのだろう。

（へえ——）

と、二宮は、改めて、死者の顔を、見直した。

どう見ても、中年の男である。それが、なぜ、子供が食べるラムネ菓子など、持っていたのだろうか？

最近、大の大人が、子供の頃をなつかしんで、駄菓子を買うときいたことがあるが、それだろうか？

しかし、それなら、十円の駄菓子を、いくつも、まとめて買うのではあるまいか。この死者の場合、食べるために、一つだけ、ポケットに入れていたような気がする。

人の足音がきこえたので、二宮は、あわてて、ラムネ菓子の袋を、ポケットに戻した。

田中が、村役場の助役を連れて、戻って来たのである。ほかにも、村人が、五、六人、駈けて来るのが見えた。

「警察にも、知らせておいたよ」

と、田中が、息をはずませながら、二宮にいった。

「何かわかったかね？」

助役が、二宮にきく。

「調べれば、何かわかると思うんですが、私の仕事は、現場保存ですから」

と、だけ、二宮は、いった。

ラムネ菓子のことは、黙っていた。

助役は、ふむと、肯いてから、じっと死体を見つめた。死者が、村の人間でないことに、ほっとしていると同時に、不安も感じている顔だった。これは、殺人事件のようだし、村人が、ひょっとして、関係しているのではないかと、心配なのだろう。

「いい腕時計をしているねえ」

助役が、死者の手首を見ていった。

「ロレックスの高級品です。買えば、百万以上はするものでしょう」

と、二宮は、いった。『世界の一流品図鑑』は、彼の愛読書だった。

「犯人が、それを盗《と》っていかなかったところを見ると、物盗りじゃないんだね」

助役も、刑事みたいなことを、いった。

集まって来た村人たちも、死体を囲んで、あれこれ、好きなことを、喋《しゃべ》っている。

三十分近くたって、県警のパトカーが二台、それに、鑑識の車も、やって来た。

刑事や、鑑識課員が、降りて来ると、さすがに、専門家で、てきぱきと、写真を撮《と》り、死体を調べ、発見者の婆さんや、二宮にも、質問した。

二宮は、死体を、引き上げた時の様子を話したあとは、刑事たちの調べる有様を、見守っていた。

専門の彼等が、あのラムネ菓子を、どう考えるのか、それに、興味があったからである。

刑事たちは、まず、死体の内ポケットから、革財布と、運転免許証を取り出した。

「名前は、岸本駿一郎《きしもとしゅんいちろう》。三十八歳。東京都渋谷区本町《しぶやほんまち》――」

と、一人の刑事が、声を出していい、もう一人が、手帳に書き留《と》めている。

（やっぱり、東京の男か）

と、二宮は思った。何となく、そんな気がしていたのである。

財布は、かなりふくらんでいるから、十万や二十万の金は、入っていそうである。

刑事は、次に、外のポケットを探している。

二宮は、緊張して、彼が、ラムネ菓子を、どう考えるのか、見守った。

若い刑事が、ラムネ菓子の袋を、つまみ上げた。

「この仏さんは、妙なものが、好物なんだな」

その刑事は、苦笑している。

「仏さんは、食べるつもりで、持っていたのかね？」

一緒にいる刑事が、首をかしげた。

「ほかに考えられるかい？　まさか、犯人が、ポケットに、こんなものを、入れたわけじゃないだろう？」

「そりゃあ、そうだが、十八万円も持っていて、ロレックスの腕時計をしている中年男が、十円のラムネ菓子を食べるかねえ」

「世間には、いろいろと、変わった人間がいるんだ。こういう金持ちになると、時には、十円の駄菓子を食べたくなるんじゃないかい」

「そんなものかな」

それで、刑事たちは、ラムネ菓子については、話を打ち切り、殺しに使ったネクタイに、視線を移していった。見守っていた二宮は、何となく、不満だった。

どう考えても、死んだ男と、十円のラムネ菓子とは、不釣り合いなのだ。それを、たまたま、駄菓子を食べたかったのだろうで、すまされたことに、二宮は、拍子抜けしたのである。

しかし、それを口にするわけにはいかないので、二宮は、黙っていた。

「ちょっと、君」

と、ふいに呼ばれて、二宮は、あわてて、刑事たちの傍へ行った。

「仏さんが、どうして、ここで死んでいたか、それを知りたい。われわれも、訊き込みをやるが、君も、手伝って貰いたいんだ」

四十歳ぐらいのベテランらしい刑事が、二宮にいった。

二宮は、眼を輝かせて、

「わかりました」

「この村には、われわれより、君の方が、はるかに、詳しいんだ。村人は、この仏さんや犯人を見ているかも知れない。できれば、目撃者を見つけ出したいんでね」

「全力をつくします」

二宮は、ラムネ菓子のことを忘れてしまっていた。

（大白川の駅員に、まず、当ってみようか）

と、二宮は、思った。

東京の人間が、この山菜共和国へ来る時は、車か、只見線を使う。

只見線だとすると、たいてい、大白川か、入広瀬で降りるからである。

6

警視庁捜査一課では、新潟県警からの捜査協力を、たてつづけに、二件受けた。

一つは、大和町における大学院生殺しであり、もう一つは、入広瀬村での殺人である。

被害者は、いずれも、東京の人間だからこそ、警視庁捜査一課に、協力要請があったのだが、十津川《とつがわ》は、最初、偶然と思っていた。

「どうも、偶然のような気がしなくなりました」

と、いったのは、部下の亀井《かめい》刑事だった。

「カメさんのいいたいのは、もう一人、会津若松で、死んでいるからだろう？」

「そうなんです。鶴ケ城の方は、事故死ということになっていますが、死んだのは、東京の人間です。死亡時刻はわかりませんが、発見された日だけ追っていくと、五月十四日に大和町、十五日が会津若松、そして、十六日に入広瀬村と、続いています。被害者は、いずれも、東京の人間。偶然ですかね？」

「それに、大和町―入広瀬村―会津若松と結んでいくと、只見線の沿線になる」

十津川がいうと、亀井は、にっこり笑って、

「そうなんです。調べてみたんですが、只見線は、小出と会津若松を結んでいるんですが、急行は、浦佐から出ています。浦佐駅のある大和町で、第一の事件、只見線の途中の入広瀬で第二の事件、そして、終点の会津若松で第三の事件ということも、考えられます」

「となると、知りたいのは、死体が発見された日じゃなくて、実際の死亡時刻だな」

「その通りです。発見は、大和町、会津若松、入広瀬村となっていますが、実際に殺されたのは、この順ではないかも知れません」

「大和町と、入広瀬村は、殺人事件と断定しているから、解剖するだろうが、会津若松は、事故死としているから、やらないかも知れないな」

「遺族が反対すれば、そのまま、遺体を、渡してしまうかも知れませんね」

「まずいな」

十津川は、すぐ、福島県警に、電話をかけた。

会津若松警察署に、廻して貰い、この件を担当する小林という刑事に、出て貰った。

「遺体は、どうなっています?」

相手が出ると、十津川は、いきなり、きいた。

「え？」

と、相手は、びっくりしたように、きき返してから、

「遺体は、今日、奥さんに引き渡しましたが」

「奥さんは、東京へ運ぶんですか？」

「いや、会津若松市内で、荼毘《だび》に付すといっていました」

「それを、止めて下さい」

「なぜですか？　別に、事故死で、問題はなかったと思いますが」

「理由を説明している余裕がないんです。とにかく、遺体を焼くのを中止させて下さい」

「電話してみますが――」

小林刑事は、まだ、わけがわからないという感じで、いったん電話を切った。
五、六分して、向うから、電話がかかった。
「問題の遺体は、もう、焼き場に運ばれていました」

「間に合わなかったんですか？」

「いや、電話で、何とか止めました。しかし、奥さんが、かんかんになっているの

で、これから、話しに行って来ます」

「それは、どうも」

「奥さんに会った時、理由を説明しなければならないんですが、なぜ、中止させたのか話してくれませんか。うちの刑事課長も、理由を知りたがっています」

「殺人の可能性があるといえば、いいのかな」

「しかし、鶴ケ城の事件を調べたのは、うちなんですよ。それに、東京警視庁に、捜査の協力も、要請していないはずですが」

「わかっています。そちらでも、すでに、知っていると思いますが、新潟県の大和町で、川島伸行という男が殺されました。次に、入広瀬村で、岸本駿一郎という男の死体が見つかりました。絞殺死体です。二人とも、東京の人間です。そして、会津若松で、東京の男が死んだ」

「それは、偶然じゃありませんか?」

「かも知れない。だが、連続殺人の可能性もある。だから、調べたい。解剖して、死亡推定時刻を、調べてくれませんか」

「課長と、被害者の奥さんに、そう話しておきます」

「頼みます。死んだ男のことで、その後、わかったことはありませんか?」

「濠を干したあと、ボストンバッグが、見つかりました。それが、死んだ今西さんのものかどうか、今、調べているところです」

と、小林刑事が、いった。

第二章　一筋の線

1

　会津若松警察署は、ちょっとした混乱に見舞われた。警視庁からの要請をめぐって、意見が真二《まっぷた》つに割れたのである。

　一応、今西浩の遺体を焼くことを中止させ、遺族を説得して、解剖に廻すことにしたが、だからといって、この事件を、殺人事件と見ることには、反対が、多かった。

「警視庁は、三つの事件が、いずれも、只見線の沿線で起きているといっているが、それは、ただの偶然じゃないのか。第一、この三人の死者の間に、つながりがあるという証拠は、どこにもないんだからな」

　と、署長が、いったが、この言葉が、会津若松署の意見を代表しているといっても、よかった。

従って、捜査本部も、設けられなかった。

小林刑事も、この事件は、事故死だと思いながら、鶴ケ城の濠で、新しく見つかったボストンバッグの中身を、調べにかかった。

ルイ・ヴィトンの中ぐらいのボストンバッグである。

長い間、濠に沈んでいたとは思われなかった。

チャックを開けてみたが、水は、まだ、中に浸《し》み込んでいなかったことでも、それは、わかった。通る人からは、見えないところで、浮いていたのだろう。

真新しい男の下着と、靴下、それに、半袖のシャツ。これも、新しいものだった。

会津若松の市内で買ったと思われる絵ハガキと、会津漆器《しっき》のお土産《みやげ》品が、顔をのぞかせている。

出してみると、絵ハガキは三種類、漆器の方は、菓子皿（五枚組）が、箱に入っていた。

ボストンバッグの底に、光るものがあったので、取り上げてみると、デュポンの金張りのライターだった。かなり重いものなので、上衣のポケットには入れず、ボストンバッグに入れておいたのだろう。

ローマ字で、イニシャルが彫ってあった。H・Iと、ある。

(今西浩のイニシャルか)

どうやら、死んだ男のボストンバッグだったようである。

やっぱりと、思いながら、なおも、ボストンバッグを逆さにして、中身を、机の上に、ぶちまけた。

会津若松の観光案内と一緒に、小さなポリ袋が、落ちてきた。

かわいらしいイチゴの絵が、描いてあった。

ラムネ菓子である。定価十円とある。

小林は、透明な袋の中に入っているピンク色の小粒の菓子を見つめた。

(こんな駄菓子を、なぜ、ここに入れていたんだろう?)

小林は、首をかしげてしまった。

どう考えても、死んだ今西浩には、似合っていなかった。ヴィトンのボストンバッグも、デュポンのライターもである。

子供のお土産に買ったとも思えなかった。第一、未亡人に会ったが、子供はいないといっていたし、今どき、十円のお土産は、買わないだろう。

小林は、上司の刑事課長に、報告したあと、警視庁の十津川警部に、電話をかけた。

「例のボストンバッグの件ですが」

　と、小林は、いった。

「どうやら、死亡した今西浩のものだとわかりました。ルイ・ヴィトンのもので、着がえの下着や、シャツ、それに、H・Iのイニシャルの入ったデュポンのライターなどが、入っていました」

「解剖の結果は、まだ、出ませんか？」

「まだです。それから、ボストンバッグの中に、会津若松の絵ハガキなんかも入っていたんですが、ちょっと、妙なものも、見つかりました。なぜ、こんなものが入れてあるのか、不思議だったんですが」

　小林が、いいかけると、

「それは、定価十円のラムネ菓子じゃありませんか？」

　と、十津川の方が、いった。

　小林は、びっくりして、

「なぜ、ご存知なんですか？」

「入広瀬村で死んでいた男の背広にも、ラムネ菓子が、入っていたんです」

「それは、きいていませんでした」

「向うは、新潟県警だからかな」

と、十津川は、いってから、

「そのラムネ菓子について、くわしく、説明して下さい」

「透明の小さな袋に入っていて、かわいらしいイチゴの絵が、描いてあります」

「片仮名で、イチゴと書いてありますね。製造した会社の名前は、印刷されていますか？」

「ええ。青田《あおた》製菓株式会社。名古屋《なごや》の会社です」

「それなら、同じだ」

「しかし、大の男が、なぜ、こんな十円の駄菓子を、ボストンバッグの中に、入れていたんでしょうか？」

「それは、私も知りたいですね。これで、二つの事件が、つながったわけだ。解剖結果が出たら、すぐ、知らせて下さい」

と、十津川が、いった。

2

電話を置いた時、十津川は、軽い興奮を感じていた。

予想が当った時に感じる興奮である。

「カメさん。会津若松の事件も、どうやら、殺人らしくなって来たよ」

と、十津川は、亀井に、いった。

「三つの事件が、つながりますかね」

「多分ね。ただ、なぜ、十円のラムネ菓子なのか、わからんな」

「子供へのお土産ですか？」

「いや、会津若松で死んだ今西浩には、子供はいないんだ」

「子供時代への郷愁《きょうしゅう》ですか？　私も、駄菓子屋があると、時たま、子供時代に食べたお菓子を買ったりすることがあります。子供の時には、美味《うま》かったのが、今、口に入れてみると、まずくて、がっかりすることがありますが」

亀井は、笑った。

「私も、買ったことがあるよ。あんこ飴《あめ》だったかな。やっぱり、うまくなかった。思い出というのは、たいてい、そんなものさ。しかし、大の男が、二人とも、ラムネ菓子を持っていたというのはねえ」

「入広瀬の岸本駿一郎と、会津若松の今西浩が、関係あれば、おもしろいですがね」

「もう一人、大和町で殺された川島伸行がいる。この三人に、共通点があれば、三つの事件は、結びつくことになる」

「今、日下《くさか》君たちが、三人の経歴を、調べています」

「会津若松署では、まだ、事故死と見ているようだよ」

と、十津川は、いった。

別に、それを批判しているわけではなかった。

鶴ケ城の石垣の上から、よく人が、濠に落ちるという。酔っ払って、落ちて死んだ人間もいるらしい。

そうした事例があれば、十津川だって、事故死と考えただろう。

二番目に、解剖の結果がわかったのは、入広瀬村の殺人事件だった。

五月十八日の午後になって、新潟県警の三浦《みうら》警部から、電話が入った。

「死亡推定時刻がわかりました」

と、三浦がいった。

「五月十三日の午前九時から十時の間ということです」

「それ、間違いありませんか？」

「何か、おかしいですか？」

「いや、別に。おかしくはありませんが、死体が発見されたのは、十六日でしたね？」

「そうです」

「その三日前の十三日に殺《や》られたということですか？」

「そうなりますね」

「死体は、三日間、発見されなかったことになりますね？」

「ええ。犯人は、絞殺したあと、川に死体を投げ込んだんだと思います。今、雪どけで水量が増えていますから、死体は、いったん、沈んだんじゃないかと、思いますね。それが、岸に流れついて、発見されたということだと思います」

「なるほど」

「会津若松で死んだ男も、ラムネ菓子を、持っていたとききましたが」

「事実です」

「それが、共通点ですか？」

「それに、東京の人間ということもあります。今、こちらで、二人の関係を、調べています」

「入広瀬村にも、菓子を売っている店がありますが、このラムネ菓子は、売っていません。だから、別の場所で買ったんだと思います」

「そうですか。それは、参考になります」

と、十津川は、いった。

十津川は、只見線を頭の中で、思い浮かべていた。

この二人は、只見線に、乗ったのだろうか？　そして、どこかで、十円のラムネ菓子を買ったのだろうか？

それに、大和町の死者も、この二人に、結びつくのか？

3

その日の夜になって、やっと、会津若松警察署から、今西浩の解剖結果が、報告されてきた。

電話して来たのは、小林刑事ではなくて、その上司の刑事課長の中根《なかね》だった。

「まず、死亡推定時刻から、いいますよ」

と、中根は、ぶっきら棒ないい方をした。

どうやら、十津川の方が、この事件を、事故死ではなく、他殺と見ているのが、しゃくに障《さわ》っているようだった。

「五月十三日の午後七時から八時までの間ということです」

「十三日ですか？」

十津川は、念を押した。

「そうです。十三日の夜ですよ。それが、どうかしましたか？」

「入広瀬村で殺されていた東京の人間も、実は、五月十三日に、殺されているんです」

十津川は、そういえば、相手も、多少は、何か感じるだろうと思ったのだが、中根は、

「それは、別に、意味は、ないんじゃありませんか。今は、青葉の季節で、会津若松には、東京から、よく観光客が来ます。入広瀬村は、山菜共和国を標榜《ひょうぼう》して、観光客の誘致に努力しているようですから、東京の人間が来ていても、不思議は、ありませんよ」

「しかし、二人とも、同じラムネ菓子を、持っていたんです。十円の駄菓子ですよ。ただの偶然と、思いますか？」

「では、逆に、おききしますが、この二人に、何か関係があるんですか？　何か見つかりましたか？」

中根が、反撃してきた。

「目下、調査していますが、まだ、二人の関係は、わかっていません」

「どうも、よくわかりませんね」

と、中根が、いった。

「何がですか？」

「こちらでは、今西浩は、事故死と見ていて、その考えは、変わっていないことを、いいたいんですよ。そちらが、強く希望されたので、遺体の解剖はしましたが、家族から文句をいわれて、困惑しているんです。遺体は、これ以上、警察に、留《と》めておくわけにはいかないので、家族に、引き渡しました。それは、承知しておいて下さい」

「わかりました」

「警視庁では、なぜ、殺人事件だと、断定されているんですか？　現場を見ているのは、そちらではなくて、われわれなのですよ」

「こちらでも、別に、殺人事件と、断定しているわけじゃありません。確かに、私は、現場を見ていません。しかし、只見線の沿線で、突然、三人の男が死んだのです。二人は、明らかに、殺人でした。昨日もいいましたように、大和町と、入広瀬村で殺され、そして、会津若松です。しかも、同じ東京の人間で、うち二人は、定価十円のラムネ菓子を、持っていました。だから、あるいは、そちらの事件も、殺人ではないかと、思っただけで、断定はしていません」

「それならいいですが、所轄のうちが、事故死といっているのに、他殺と、断定したりはしないで欲しいのです」

念を押すようにいってから、中根は、電話を切った。

十津川が、やれやれという顔で、煙草《たばこ》をくわえていると、亀井が、笑いながら、

「やられてましたね」

「仕方がないさ。私だって、こっちで事故死といっているのに、福島県警が、他殺だといったら、何をいうかと、腹が立つだろうからね」

「こうなると、こちらで、他殺の証拠を見つけるより仕方がありませんね」

「そうだな。三人の男の間に、何か共通点があれば、福島県警も、同意してくれるかも知れんよ」

それが、見つかるかどうか、わからない。

十津川は、黒板に書かれた三つの名前に眼をやった。

○川島伸行（二十七歳）
K銀行行員↓国際大学学生
新潟県南魚沼郡大和町で死体発見
○今西浩（四十五歳）
今西宝石店店主（銀座）
福島県会津若松市の鶴ケ城で死体発見
○岸本駿一郎（三十八歳）
新潟県北魚沼郡入広瀬村で死体発見

これは、死体が発見された順番に、書いたのだが、解剖の結果、意外な答が、出て来た。

死亡推定時刻は、まったく、逆であった。

岸本――五月十三日午前九時～十時

今西——五月十三日午後七時〜八時
川島——五月十四日午前七時〜八時
もし、同一犯の犯行だとすると、犯人は、最初に、入広瀬村で、朝、岸本駿一郎を殺し、次に、同日の夜、会津若松で、今西浩を殺害、そして、翌日の朝、大和町に行き、川島伸行を、殺したことになる。

もちろん、あくまでも、同一犯人による連続殺人だとしての話である。

川島伸行のことを調べていた日下と、西本《にしもと》の二人の刑事が、警視庁に戻って来た。

「K銀行の彼の上司と、同僚に、会って来ました」

と、日下が、十津川に、報告した。

「大和町の国際大学へは、どういう形で、行っていたんだね？」

「K銀行に、在籍のまま、出向の形で、行っていたようです。K銀行では、エリートコースに乗っていて、国際大学を卒業したあとは、新しく開設されるK銀行インドネシア支店の支店長になるはずでした」

「入広瀬村と、会津若松で死んだ二人との関係は、見つかったかね？」

「それが、いくら調べても、出て来ないんです。上司も、同僚も、二人の名前に、聞き覚えはないといっています。川島が卒業した大学は、N大の政経です」

「私は、川島と、結婚を約束していた広田美紀という女性に会いました」

と、西本が、いった。

「川島の遺体は、どうなったんだ?」

十津川が、きいた。

「昨日の午後、向うで、荼毘に付し、今日、遺骨を持って、帰京したと、彼女は、いっていました。彼女も、今西浩、岸本駿一郎という名前を、川島からきいたことはないと、いっていました」

「関係はなしか――」

十津川は、小さな溜息をついた。

亀井が、横から、

「岸本のことは、まだ、わからないが、今西は、銀座で、宝石店をやっていた。当然、銀行との取引があったはずだ。もし、そこに、K銀行があったら、二人の間に、関係が、あったんじゃないかな」

「その点も、調べました」

と、日下が、いった。

「K銀行は、銀座にも、支店があります。その銀座支店で、調べて貰ったんですが、取引先の中に、今西宝石店の名前はないし、川島が、銀座支店で働いたこともないそうです」

日下、西本の報告が終わったあとで、岸本駿一郎のことを調べていた清永《しみず》と、桜《さくら》井《い》の二人が、帰って来た。

「渋谷区本町の住所へ行ってみたんですが、建坪《たてつぼ》二百坪近い大きな家で、びっくりしました」

と、若い清水刑事は、羨《うらや》ましそうに、十津川に、報告した。

「あの辺で、建坪二百坪といったら、大変なお屋敷だな」

「そうなんです。高い塀《へい》で囲まれたお屋敷でした。奥さんは、遺体の引き取りに、入広瀬村に行っていて、まだ、帰っていませんでしたが、お手伝いさんに会って来ました」

「子供はいないのか？」

「いません」

「いないのか――」

十津川は、十円のラムネ菓子のことを、思い出した。子供への土産でもなかったのだ。

「岸本駿一郎というのは、何をやっている人間なんだ?」

「お手伝いさんの話では、都内四ケ所に、スーパーを持っているということです。『ワールド』という名前のチェーン店です」

「青年実業家というやつか」

「店は、小田急《おだきゆう》線の沿線と、京王《けいおう》線の沿線に、二店ずつです。趣味は、旅行だそうです」

「それで、只見線で、入広瀬へ行ったのか。卒業した大学は?」

「F大の法科です」

「すると、川島とは、同じ大学というわけでもないのか」

「明日の午後、奥さんが、帰京するそうですから、その許可を貰って、岸本の書斎などを見せて貰おうと思います」

と、桜井が、いった。

今西浩のことを調べていた、二人の刑事も、帰って来て、次のように、十津川に、報告した。

今西は、S大学を、二年で中退した。宝石店をやっていた父が急死したので、そのあとを継いだのである。

以来、二十五年になる。銀座の店は、父がやっていた頃の二倍の大きさになったし、年商は、十倍になった。母親も、七年前に、死亡している。

妻の佐和子とは、再婚である。

前の妻とは、四年前に、協議離婚している。前妻との間に、子供はいなかった。

現在の妻、佐和子は、ファッションモデルだった女で、店の宝石の宣伝のモデルになって貰ったことから関係ができた。

この再婚には、親戚《しんせき》が、こぞって反対したが、今西は、よほど、彼女が気に入ったのだろう。強引に、結婚に踏み切った。

「今西宝石店は、社長が殺されたので、臨時休業の札が、かかっていました」

と、田中《たなか》という刑事が、十津川に、いった。

「社長の今西が死んだあと、店は、どうなるのかね？」

「同業者に訊《き》いてみたんですが、恐らく、奥さんが、引き継いでやっていくだろうということでした。現在も、奥さんが、副社長になっています」

「今西浩の評判は、どうだね？　なかなか、やり手だったようだから、憎んでいる者も、いたんじゃないのかね？」

と、十津川は、質問した。

「同業者や、自宅近くの人たち、それに、銀座店の周囲の人たちにも、訊いてみました。大ざっぱにいって、毀誉褒貶《きよほうへん》あいなかばするといったところです」

「それじゃあ、かなり評判は、悪かったんだな」

「は?」

「君の質問した相手は、今西浩が、死んだことは、もう、知っていたんだろう?」

「そうです」

「たいていの人間は、死者を笞《むち》打たないものだよ。それなのに、けなす人間が半分いるということは、相当、恨まれていたことになる」

「そうかも知れません、しかし、賞《ほ》める人は、やたらに賞めるんです。つまり、はっきりした性格だったんじゃないかと思います」

「けなす人は、今西が、どんな人間だったというんだ?」

「一番きいたのは、今西が、ケチだという言葉でした。これは、何人かの人間から、ききました。あれだけの店を銀座に持ち、資産もあるのに、困って、頼みに行っても、金を貸してくれなかったとか、付き合いが悪いとか」

「他には?」

「女性にだらしがないという話もききました。生来《せいらい》の女好きだという人もいます」

「ケチと、女好きとは、両立するのかね？」

「女好きだが、ケチだというわけです。遊ぶ時も、きれいに金を使うというタイプじゃなかったみたいですね」

「しかし、奥さんの指には、高価なダイヤモンドの指輪が、光っていたそうだよ」

「ケチな今西が、今の奥さんだけには、メロメロになっていたそうです」

と、田中は、笑った。

「若い女と再婚すると、そうなるのかねえ」

「若いし、とび切りの美人です」

「奥さんの評判は、どうなんだ？」

「美人で、頭もいいということは、誰もが、いいますね」

「ということは、それ以外の評判は、悪いということかね？」

「今西浩の親戚の人たちは、もともと、この再婚話には、反対でしたから、よくはいいませんね。財産目当ての結婚だとか、若い男と、浮気しているとか。ひどいのになると、今西を、鶴ケ城の石垣の上から、彼女が突き落としたんじゃないかという人もいますね」

「奥さんは、確か佐和子という名前だったね」

「そうです」

「本当に、男がいたのかね？」

「そこまでは、まだ、わかりません」

「他の二人、川島伸行、岸本駿一郎との関係はどうだ？」

「何人かに、その名前を、今西浩が、口にしたことはなかったかと、訊いてみたんですが、きいたことはないという返事でした」

「それで賞める人は、どういってるんだ」

「大胆で教養もあり、男らしいといっています」

「しかし、ケチで、女にだらしがないんだろう」

「だから、人によってまったく違う評価なんです。本当は、女嫌いだったんじゃないかという人もいましたね」

と、田中は、いった。

4

今のところ、三人の死者を結びつけるものは、彼等が、東京の人間だということだけである。

これでは、つなぐ糸がないと同じである。

出身校も違うし、仕事も、年齢も違う。共通点は、なさそうに見える。

だが、十津川は、別に、失望はしなかった。たいていの事件の出だしは、こんなものだと、わかっているからである。

それよりも、十津川は、福島県警との関係を、心配した。

大和町の殺人事件と、入広瀬村の絞殺事件については、新潟県警から、正式な、協力要請が、来ている。

しかし、福島県警（会津若松警察署）は、あくまでも、今西浩を、事故死と断定していて、捜査する気はないらしい。

もし、三つの事件が、関係していた場合、それが、大きな捜査の障害になるのではないだろうか。

鶴ケ城での死が、事故死でなく、殺人であることを証明すれば、福島県警も、動き出すだろう。

しかし、現場は、東京でなく、会津若松である。

東京にいて、殺人であることを証明することは、まず、不可能だ。

「今西浩について調べたことを、会津若松署に知らせますか？」

と、亀井が、十津川に、きいた。

「そうだな」

十津川は、考えてしまった。

川島伸行と、岸本駿一郎については、新潟県警から、調査依頼があったから、すぐ、調べたことは、連絡した。

しかし、今西浩について、向うから、調査依頼は、来ていない。

当然だった。会津若松署は、事故死と見ているからである。事故死した人間について、いろいろ、調べたりしないし、その必要もない。

「今西浩については、こっちで、勝手に調べたことだからねえ、今西は、こういう男だと知らせても、向うは、嫌味《いやみ》としか思わないかも知れないね。頼みもしないことを、勝手にやったわけだからね」

「しばらく様子を見ますか？」

「その方が無難だが、早く、殺人である証拠が欲しいね。そうして、福島県警も、捜査に乗り出してくれないと、この一連の事件の捜査が、難しくなってくる」

「確かに、そうですね」

「今西浩の奥さんは、今日、帰京するはずだ。会いに行って、話を訊いてみようじゃないか」

と、十津川は、亀井に、いった。

夕方になってから、十津川と、亀井は、麴町《こうじまち》にある十一階建のマンションに、未亡人になった佐和子を、訪ねた。

最上階にある豪華な部屋の窓からは、銀座のネオンも、望見《ぼうけん》できた。

佐和子の華《はな》やかな顔は、未亡人らしくなかった。これでは、いろいろと、噂《うわさ》が立つのも、仕方がないだろう。

「明日、告別式を、青山《あおやま》でやることになっていますの」

佐和子は、冷静な口調で、いった。

「今西さんは、いつ旅行に出かけられたんですか？」

と、十津川が訊いた。

「五月十二日ですわ」

「十二日の何時頃ですか？」

「午前九時頃だったと思いますけど」

「一人で、行かれたんですか？」

「ええ。主人は、一人で、急に旅行に出るのが好きな人だったんです」

「行先は、いって出かけたんですか?」

「いいえ」

「いつも、旅行に行く時は、行先はいわないんですか?」

「ええ」

「岸本駿一郎という人を、ご存知ですか?」

「どういう方ですの?」

「スーパーを、都内に四店持っている青年実業家です。ご主人から、その名前を、きいたことは、ありませんか?」

「ありませんけど、主人は、事故死なんでしょう? それなのに、なぜ、警察の方が、あれこれ、お訊きになるんですか?」

佐和子は、いってから、大きな眼で、十津川を見つめた。

「それが、他殺の可能性も出てきたものですからね」

十津川がいうと、佐和子は、眉《まゆ》をひそめて、

「会津若松署の刑事さんは、事故死に間違いないと、断定されましたわ。警察って、違う考えを持つことがあるんですの?」

と、皮肉ないい方をした。

十津川は、構わずに、質問を続けた。

「ご主人は、駄菓子が、お好きでしたか？」

「ボストンバッグに入っていた変なラムネ菓子のことを、おっしゃってるのね？」

「そうです。子供の時、好きだったので、ふと、駄菓子屋で見つけて買ったんじゃないかと、思いましてね」

「いえ、主人が、あんな駄菓子を買うのを見たことはありませんわ」

「もう一つ、教えて下さい。銀座のクラブ『泉』というのを、ご存知ですか？　会員制のクラブだと思いますが」

「知りませんわ。いいえ、私は、行ったことがありません」

佐和子は、きっぱりと、いった。

5

十津川と亀井が、警視庁に戻ると、岸本駿一郎の未亡人、冴子《さえこ》に会いに行っていた清水と、桜井の二人も、帰っていた。

「死んだ岸本とは、一つ違いの三十七歳ということで、さすがに落ち着いていましたね」

若い清水は、感心したように、いった。

「それで、岸本はいつ、旅行に出たんだ？」

「五月十二日の午前だそうです。午前八時頃だったと」

「今西と、だいたい同じ頃だな」

「手帳や、名刺を見せて貰ったんですが、今西浩の名前も、川島伸行の名前も、ありませんでした」

「ラムネ菓子については？」

「なぜ主人が持っていたのか、わけがわからないと、首をかしげていましたね」

これでは、捜査が、果して、進展しているのかどうか、わからなかった。

だが、今西浩と、岸本駿一郎が、同じ十二日の午前、家を出ているのがわかったことは、収穫だった。

岸本が、午前八時、今西が、同日の午前九時と、一時間の違いはあるが、一緒に、旅行に出た可能性が、出て来たことになる。

上野から、上越新幹線で、浦佐へ行き、そこから、只見線の旅に向ったのだろうか？

だが、あくまで、想像でしかない。

翌日の夕刻を待って、十津川は、今西浩が、会員証を持っていたクラブ「泉」に、行ってみることにした。

ひょっとすると、そこで、三人は、会ったことがあるのかも知れない。秘密めかしたクラブなら、奥さんには、内緒にしているだろう。

電話帳で、クラブ「泉」を探したが、見つからなかった。「泉」というのは、三つあったが、いずれも喫茶店で、銀座でもない。

そういえば、佐和子から借りた会員証には、会員ナンバーは書いてあったが、電話番号は、書き込んでなかった。

十津川と、亀井は、夜になってから、銀座に出かけ、数寄屋橋《すきやばし》の派出所で、クラブ「泉」を知らないかと、きいてみた。

一番年輩の警官が、知っていると、いった。

「SKビルの最上階の五階にあるクラブです」

「会員制のクラブだというんだが、どんなクラブなのかね？」

「私は、行ったことはありませんが、怪しげな店ではないようです。摘発されたことは、一度もありません。本物の男の社交場ということだそうです」

「ふーん」

「女性は、入会できないということです」

警官は、笑った。

十津川は、ともかく、行ってみることにした。SKビルの場所を、教えて貰った。

雑居ビルの一つで、クラブの看板が、上から下に、ずらりと並べてあったが、なぜか、「泉」の看板はなかった。純粋の会員制だから、宣伝の必要がないということなのだろうか。

階段が見当らないので、エレベーターに乗った。

「あれ。四階までしか、ボタンがありません」

亀井が、驚きの声をあげた。

なるほど、五階の昇降ボタンがない。

その代り、少し離れた場所に、クラブ「泉」と小さく書かれ、そこに、赤い押しボタンがあった。

十津川が、そのボタンを押してみると、エレベーターの中のインターホンから、若い女性の声で、

「クラブ『泉』です。会員証の番号と、名前を、おっしゃって下さい」

「私は、警視庁捜査一課の十津川です。そちらの会員だった今西浩さんのことで、責任者の方に、話を訊きたいのですがね」

「ちょっと、お待ち下さい」

相手は、あわてた声でいったあと、急に、エレベーターが、昇り始めた。四階までは、エレベーターの中で操作できるが、五階に行く時だけは、外から、動かす仕掛けになっているらしい。

停止して、ドアが開くと、そこから、赤いじゅうたんが敷かれていて、タキシード姿の六十代の男が、待っていた。

「このクラブを預っている大石《おおいし》といいます。何か、ご質問があれば、私が、お答えします」

と、男は、丁寧《ていねい》な口調で、いった。

十津川と、亀井は、奥の「談話室」と書かれた部屋に通された。

ここも、真紅《しんく》のじゅうたんが敷かれ、王朝風の椅子や、テーブルが、置かれている。

メインルームから、男たちの話し声や、笑い声が、かすかに、きこえてきた。が、他のクラブのように、ホステスの声は、まったくきこえなかった。

「このクラブは、どういう店なんですか？」

と、まず、十津川が、素朴《そぼく》な質問をした。

大石は、十津川に断ってから、パイプをくわえた。

「私は、以前、タンカーのキャプテンをやっておりまして、その頃から、このパイプが、離せません」

と、大石は、いってから、

「このクラブの趣旨は、地位と名声のある紳士が、安心して、お喋りを楽しめる場所が欲しい、という希望に応《こた》えて、その場所を、提供しようということなのです。銀座には、高級クラブは、沢山《たくさん》ありますが、昔と違って、ホステスたちの会話は、洗練されていないし、一番困るのは、やたらにお喋りで、安心して、話ができないことです。そこで、女っ気はなくてもいいから、秘密の守れる、豪華なクラブが欲しい。そういうことで、このクラブが、できたわけです。ですから、メンバーは、厳選しますし、規則も、厳《きび》しくなっています。おかげで、不祥事は、まったく起きていません」

「バニーガールは、いるようですね」

「そうです。彩《いろど》りとしていますが、飲み物を運ぶだけで、会員と話をしてはいけないことになっています」

「会員には、どんな人がいるんですか？」

と、亀井が、訊いた。

「いろいろと、いらっしゃいます。政治家の方も、財界の方もです。ただ単に、地位があるだけでは駄目で、まず、紳士でなければなりません。有名な政治家の方が、入会を希望されたことがありますが、お断りしました。どうも、芳《かんば》しくない噂のある方なので」

「女性は、駄目だそうですね？」

十津川が、訊いた。

「女の方にも、立派な人は沢山いると思いますが、どうも、口の軽い方が多いようなので」

と、大石は、肩をすくめた。

「会員は、今、何人ですか？」

「定員は五十名で、現在、四十九名です。いつも、欠員が一名あるというのが、こうしたメンバーズクラブでは、理想的なようです」

「会員は、ここで、どんなことをするんですか？」

「メインルームで、談笑しながら、酒を楽しむのが主ですが、その他、娯楽室が三つありますので、そこで、マージャンや、ポーカーを、楽しむ方もいます。この談話室で、商談をされる方もです」

「今西浩さんも、ここのメンバーだったんですね？」

「そうです。立派な方でした。皆さん、落胆されています」

「他のメンバーも、教えてくれませんか。できれば、会員名簿を、見せていただきたいんですが」

十津川が、頼むと、大石は、きっぱりした口調で、

「それはできません。もし、どうしても、ご覧になりたいのでしたら、令状を、お持ち下さい」

「それでは、これだけ教えて下さい。岸本駿一郎さんも、このクラブのメンバーだったんじゃありませんか。新潟県の入広瀬村で、殺されていたんです。これは、殺人事件ですから、協力していただかなければなりませんよ」

十津川が、強くいうと、大石は、ちょっと考えていたが、

「確かに、岸本さんも、ここの会員でした。ですから、岸本さんと、今西さんが、いつも座られる椅子には、喪章をつけております」

「K銀行の川島伸行さんはどうですか？　新潟県の大和町で、亡くなったんですが」

「川島伸行という方は、存じません」

と、大石は、いった。

6

十津川たちは、メインルームを通って、エレベーターに乗った。

大石は、丁寧に頭を下げて、十津川たちを見送った。

「これで、岸本駿一郎と、今西浩は、つながりましたね」

と、エレベーターの中で、亀井が、十津川にいった。

「同じメンバーズクラブの会員が、一緒に、旅行に出かけたということになるね。只見線を使って、入広瀬から、会津若松への旅だ」

「そして、二人とも、殺されたというわけですか」

「当然、犯人が、この旅行には、一緒だったことになる」

エレベーターを降りた。というより、夜の街に、吐き出された感じがする。

「犯人も、このクラブの会員でしょうか？」

「多分ね」

「会員名簿が、欲しいですね」

「しかし、あの様子では、令状がないと、見せてくれないだろう。今西浩も、殺されたことが証明できれば、令状が、貰えるんだがね」

「岸本だけでは、無理ですか？」

「メインルームを通った時、阿部正人《あべまさと》がいたよ」

「前に、公安委員長をやった代議士ですか？」

「そうだ。ほかにも、有力者がいるだろうから、相手は、強気なのさ」

十津川は、警視庁に戻ると、一応、本多《ほんだ》捜査一課長を通して、三上《みかみ》刑事部長に、令状を請求してみたが、やはり、拒否された。

その理由も、十津川が予想していた通りのものだった。

三つの事件は、もともと、新潟県警と、福島県警の事件である。それに、会津若松での事件は、肝心《かんじん》の福島県警が、いぜんとして、殺人と見ていない。

慎重派の三上部長にしてみれば、余計なことはするなということなのだろう。

新潟県警には、入広瀬村で殺された岸本駿一郎が、クラブ「泉」のメンバーだったことは、知らせた。向うが、メンバー全員の名前を知りたければ、その旨《むね》、いってくるだろう。その時になって、令状を出してもいいではないか。三上部長は、そうもいったと、本多は、十津川に伝えた。

「今度の事件で、われわれは、主役じゃない。それが、主役のように振る舞うなというのが、部長の考えだよ」

と、本多は、付け加えた。

翌、二十一日の夜になって、新宿《しんじゆく》の中央公園近くで、事件が、発生した。

警邏《けいら》中の二人の警官が、駐《と》まっている車を見つけ、何気なく、運転席をのぞいたところ、首に、ロープを巻きつけて、死んでいる男を見つけたのである。

知らせを受けて、十津川は、亀井と、現場に急行した。

時刻は、午前零《れい》時に近かった。

新宿東口の方は、まだ賑《にぎ》やかだが、西口の中央公園近くは、ひっそりと、静かである。

道路の端《はし》に駐まっているのは、ブルーメタリックのベンツだった。

左ハンドルの運転席に、二十七、八歳の若い男が、死んでいる。

首に、白いロープが巻きついているのが見えた。

若い日下と、西本の二人の刑事が、遺体を、運転席から、歩道へ引き出して、仰向《あおむ》けに寝かせた。

投光器の強烈な明りが、その顔を、照らし出した。

「カメさん」

と、十津川が、眼を走らせた。

亀井も、じっと、死体を見つめていたが、

「昨日、クラブ『泉』にいた客の一人じゃありませんか？」

「そうさ。メインルームで、何か大声で、喋っていた男だよ」

「あの時とは、背広が違っていますが、間違いありません」

亀井は、男の内ポケットを探り、革財布を抜き出した。

広げると、片側に、カードが、何枚か入っていた。

「あのクラブのカードは、ありませんね」

「犯人が、盗《と》って行ったかな」

「そういえば、入広瀬村の岸本駿一郎は、クラブ『泉』のカードを、持っていませんでしたね」

「あのクラブと結びつけて考えられるのが嫌だから、犯人は、カードを、盗って行ったのかも知れないな。会津若松の今西浩の場合は、濠に突き落とせば、しばらくは、死体が見つからないと、タカをくっていたので、カードを、そのままにしておいたんじゃないかね。それとも、カードを盗る暇がなかったのか」

「銀行のキャッシュカードには、シバタカツヒコと書いてありますね」

「あのクラブの会員証を盗ったところを見ると、犯人も、同じ会員ということかも知れんね」

「それに、只見線の三つの事件は、同一犯人という可能性もありますよ」

亀井が、気負い込んで、いった。

「とにかく、その男の身元を知りたいね。名前は、わかったが、住所は？」

「運転免許証があるはずですが――」

亀井は、彼のポケットを探っていたが、柴田克彦《しばたかつひこ》名義の免許証を見つけ出した。

それに書いてあった住所は、中野《なかの》区のマンションの名前だった。

十津川は、遺体が、大学病院に運ばれていくのを見送ってから、亀井と、パトカーで、中野のマンションに向った。

豪華なマンションだった。

地下が、駐車場になっていて、どの住戸も百平方メートル以上の広いものだった。

多分、買うとすれば、一億円以上は、するだろう。

深夜だが、入口には、ガードマンがいた。

十津川が、警察手帳を見せ、七階にある被害者柴田克彦の部屋に案内して貰った。

インターホンに返事はなかった。

亀井が、死体のポケットから持って来たカギで、ドアを開けた。

二十畳くらいある広い居間、ダブルベッドの置かれた寝室、バスルームも、広く、豪華である。

ただ、女性の匂いがしないところを見ると、殺された柴田は、独身だったのだろう。

「トイレが二つありますね」

亀井は、そんなことにも、感心している。

寝室の隣りの部屋には、衣装《いしょう》ダンスが、二つも並んでいて、開けると、高価な背広やコートが、ずらりと下がっていた。

「あの若さで、すごいもんですね。どんな仕事をしている男なんでしょうか？」

亀井は、首をかしげた。

「現代は、わけのわからない仕事で、儲《もう》けている人間がいるからね」

「机の引き出しに、名刺が入っていました。それによると、柴田というのは、デザイナーですね。柴田デザイン研究所所長と、書いてあります」

「デザイナーねえ」

十津川は、各部屋を、見て歩いた。

寝室では、枕元の電話器の傍に、メモ用紙が、置いてあった。

それに、ボールペンで、何か、書いてあった。

十津川は、電気スタンドの明りをつけて、そのメモ用紙を、かざすように見た。

岸本駿一郎――入広瀬村

今西　浩――会津若松（鶴ケ城）

急行「奥只見」か？

それだけの文字だった。

十津川は、黙って、そのメモを、亀井に渡した。

「大和町で殺された川島伸行の名前が、ありませんね」

「川島は、クラブ『泉』のメンバーじゃなかったからだろう」

「なるほど。急行『奥只見』というのは何のことでしょう？」

「柴田という男は、あのクラブのメンバーが、続けて死んだことをおかしいと思って、いろいろと、考えていたんじゃないかな。そして、二人が、只見線の急行『奥只見』に乗ったと思ったんじゃないかね」

「彼は、二人を殺した犯人に心当りが、あったんでしょうか？」

「あったと思うね。だから口封じに殺されたんだろう」

「もし、そうだとすると、犯人も、あのクラブの会員ということになりますかね」

「そうさ。これで、どうしても、令状をとって、会員名簿を、見せて貰わなければ、ならなくなったね。それに、只見線の急行『奥只見』に、乗ってみたいね。今度の事件について、何か、わかるかも知れない」

と、十津川は、いった。

電話台の下の棚には、時刻表も、入っていた。

途中のページが、折ってあるので、そこを開けると、只見線が、載《の》っているページだった。

「急行『奥只見』というのは、一日一往復しか、走っていないんだな」

十津川は、時刻表を見ながら、いった。

急行が、上り下り一本しかないくらいだから、もちろん、特急はない。

電化もされていないと見えて、各列車には、ディーゼルのDが、ついていた。

新潟県側の小出から、会津若松へ向うのは、上りになっていた。

おもしろいことに、只見線の新潟県側は、越後とつく駅名が多い。越後広瀬《ひろせ》、越後須原《すはら》などである。

それが、福島県側に入ると、今度は、会津がつく駅名が多くなる、会津川口《かわぐち》、会津中川《なかがわ》と、実に、十七の駅に、会津がついている。

「柴田は、自分でも、急行『奥只見』に、乗るつもりだったんでしょうか?」

亀井が、きいた。

「メモにも、書き、時刻表を調べていたところを見ると、乗る気だったと思うね」

「乗れば、犯人について、何か、わかると思っていたんですかね?」

「犯人は、柴田が、乗っては困ると思ったのかも知れない」

と、十津川は、いった。

第三章　急行「奥只見《おくただみ》」

1

十津川は、柴田克彦の身辺を、引き続き、洗うように、部下にいっておいて、亀井と、急行「奥只見」に、乗ってみることにした。

この列車に乗ると、何がわかるのか、それとも、何もわからないのかも知れない。だが、殺された柴田が、「奥只見」に、乗ろうとしていたことは、間違いないと、十津川は、思った。

只見線は、小出―会津若松間を走っている。

小出側から行くとすれば、上りの急行「奥只見」は、午前八時四四分に小出を発車する。

急行「奥只見」は、小出の手前の浦佐から出る。この浦佐発は、八時一二分である。

「その日に、東京を出るとすると、上越新幹線の始発に乗らないと、間に合いませんね」

亀井が、時刻表を見ながらいった。

「始発というと、上野を、何時だい？」

「六時二三分です。六時二三分発の『とき』に乗ると、浦佐には、八時〇一分に着くから、急行『奥只見』には、ゆっくり間に合います。次の上越新幹線は、七時一〇分上野発の『あさひ』ですが、これは、浦佐には、止まりません」

「六時二三分か。辛《つら》いねえ」

「じゃあ、浦佐か、小出に、一泊しますか？」

「いや、明日の朝早く、起きることにしよう。諸経費節約の折りだからね」

と、十津川は、笑った。

二人は、その日、捜査本部の設けられた新宿署に泊り込んだ。世田谷《せたがや》の自宅に帰って寝たのでは、六時二三分までに、上野へ着くのは辛かったからである。

翌朝、十津川と、亀井は、五時半に、新宿署を出た。

仕事でも、何となく、心が弾《はず》むのは、奥只見へは、初めての旅行だからだろう。

新宿から、上野まで、山手線に、乗る。ついこの間まで、七時近くまで暗いと思っていたのに、もう、五時半でも、周囲は、明るい季節になっている。

上野駅には、三十分近く、早く着いてしまった。

上越新幹線には、食堂車がついてないので、二人は、新幹線上野駅の地下三階コンコースまで降り、そこにある小さな店で、カレーライスを食べた。

六時二二分発の「とき」は、定刻に、発車した。

地下四階のホームから発車した列車は、しばらくの間、トンネルの中を走り、日暮里《にっぽり》近くで、地上に出る。

同じ車両の中で、初めて、上野発に乗ったのか、「ほう!」と、声をあげているグループも、いた。

東海道《とうかいどう》新幹線と違って、こちらは、窓の外に、どんどん、緑が多くなってくる。

水田は、もう田植えを終わって、緑のじゅうたんを敷きつめたようだった。

まだ、梅雨《つゆ》に入っていないので、時間がたつにつれて、青空が、どんどん広がっていく。天候は、いい旅行日和《びより》になりそうである。

「入広瀬で殺された岸本と、会津若松で殺された今西は、一緒に、急行『奥只見』に乗ったんでしょうか？」

亀井が、きいた。

東海道新幹線に比べると、ゆれも少なく、騒音も小さいので、会話は、楽だった。

「二人とも、死体が発見されたのは、別の日だが、死亡推定時刻は、同じ五月十三日だ。しかも、岸本は、午前八時〜九時になっている。今西は、午後七時〜八時。順番に殺された感じがするから、一緒に、乗った可能性があるね」

「すると、二人を殺した犯人も、一緒に乗っていたということになりませんかね」

「だから、新宿で殺された柴田も、メモに、急行『奥只見』と、書いたんじゃないかね。多分、柴田は犯人に、心当りがあったんだと思うね。そいつが、急行『奥只見』に、岸本や今西と一緒に乗って、二人を殺したと、考えたんじゃないかね」

高崎《たかさき》を過ぎる頃から、車窓に山脈《やまなみ》が、見えるようになり、温泉や、スキー場の名前を書いた立看板が、多くなった。

冬は、スキー客で賑わうのだろうが、今頃は、何が呼びものなのだろうか。

浦佐に着いたのは、八時〇一分。一分停車で、発車していった。

二人は、ホームに降りた。

上越新幹線で、一番小さな駅だということだが、実際に降りてみると、大きく、立派な駅である。

「小さかないですよ」

亀井は、それが不満みたいな、いい方をした。

2

ここが、奥只見への入口であることを示すように、ホームに、「ようこそ、奥只見、尾瀬《おぜ》へ」と、書かれた大きな広告が出ている。
十二、三人の客が降りたのだが、ホームが、だだっ広いせいで、閑散《かんさん》とした印象しか受けない。
「どうされますか？　在来線のホームへ移って、急行『奥只見』を、待ちますか？」

と、亀井が、きいた。

十津川は、ちょっと考えてから、

「いや、小出から乗ることにしよう」

「なぜですか？　ここで乗れば、小出を、通りますよ」

「それは、わかっているがね。岸本や、今西は、小出から乗ったと思うからだよ」

「なぜ、それが、わかりますか？」

「二人とも、金持ちで、ゆっくり旅をするのが、趣味だったときいた。そんな連中が、われわれみたいに、朝六時二二分上野発の新幹線で、ここへ来るとは、思えないよ。きっと、前日に来ていて、この辺りの温泉にでも一泊したと思う。そして、翌朝、急行『奥只見』に乗ったんだ。今、見渡したところ、この浦佐駅の近くに、温泉はない。とすると、翌朝は、小出から乗ったと思う。その温泉から、小出と、浦佐が、等距離にあっても、小出なら、八時四四分までに行けばいいんだから、そちらから、乗ったと思うよ」

「そういうことも、考えられますが――」

亀井は、何となく、納得できないという顔をしている。

それでも、小出から乗ることを承知した。改札口へ向って、歩き出した。

外へ出ると、駅の大きさに比べて、駅前が、小さく寂しいのに、気づく。

バスターミナルと、タクシー乗り場があるのだが、普通は、その向うに、大きい小さいの違いはあっても、駅前商店街があるのだが、それがない。

横の方に、食堂とか、土産物店、それに、スナックが、ばらばらにあるだけだった。

そのいずれの店も、妙に、若者向きに出来ている。冬場のスキー客目当てだからだろうか。そういえば、この浦佐の駅の反対側には、浦佐スキー場（二〇一一年閉鎖）がある。

十津川と、亀井は、タクシーに乗り込んだ。

「小出駅まで、どのくらいかかるかね？」

十津川が、きくと、運転手は、訛《なま》りの強い調子で、

「二十五分ぐらいかな」

「じゃあ、行ってくれ」

と、十津川は、いった。

タクシーが、走り出すと、道路がよく、舗装されているのが、目につく。

「この近くで、温泉というと、どの辺りになるの？」

「大湯温泉に行く人が多いね」

「おもしろいところかね？」

「そうね。芸者も沢山いるし、ヤクザがいないから、安心して遊べるよ」

「この間、この近くで、殺人事件が、あったね」

「ええ。国際大学の人が、殺されたんでね。その話で、しばらくは、持ち切りだったよ。まだ、犯人は、見つからないみたいでね」

「その場所を通って、小出へ行ったら、八時四四分に、間に合わないかね？」

「ちょっと、廻り道になるけど、時間は、間に合うよ」

「じゃあ、行ってくれ」

と、十津川が、いった。

上越線に沿って、走っていたのが、右に折れた。

小さな川を渡る。

「もうじき、その川で、鮎《あゆ》釣りが、楽しめるよ」

運転手が、説明してくれた。雪どけ水なので、水量が多いのだともいう。

「つつじが、きれいですね」

亀井が、感心したように、声を出した。

家々の庭や、玄関口に、赤いつつじが、咲き乱れている。

運転手は、この辺りのつつじは、八色つつじといって、有名なのだと、いう。

家並みが途切れて、周囲が、畑や、雑木林《ぞうきばやし》になって来た。

水田では、田植えの最中だった。上越新幹線の途中では、もう、田植えが終わっていたのだが、この辺りでは、まだ、やっているところもあるのだ。

運転手は、畑の間を走る道路の途中で車を停めた。

「この辺りだよ」

と、いった。

十津川は、リアシートに座ったまま、窓の外を見渡した。

畑に、人の姿はない。ひっそりと、静かだった。

明るい太陽の光だけが、降り注ぎ、陽炎《かげろう》が立ち昇っていた。

「こんな所で、人が殺されたんですね」

亀井が、小さな溜息をついた。

3

小出駅に着いたのは、八時三二分だった。

小出は、浦佐より、町らしい町だった。

すぐ、会津若松までの切符と急行券を買い、二人は、改札を通った。

只見線のホームは、一番端だった。

「急行『奥只見』に、乗るんですが」

と、亀井が、改札口の近くにいた駅員にいうと、

「4番線に入っています」

と、指さした。

二両連結のだいだい色の気動車《ディーゼル》が、ぽつんと、停まっていた。

「あれが？」

と、思わず、亀井が、いったのは、急行ということで、少なくても、七、八両連結の列車を、想像していたからである。

ともかく、十津川と、亀井は、跨線橋《こせんきょう》を渡って、4番線ホームへ歩いて行った。

「二両だけじゃなく、ここで、あと三両、連結するみたいだよ」

十津川が、亀井に、なぐさめるようにいったのは、同じ4番線に、三両連結の赤いディーゼル車両が、停めてあったからである。

この小出駅で、二つが連結し、五両編成で、会津若松まで行くのだと思ったのである。

五両編成なら、何とか、急行らしい恰好《かっこう》がつくと思ったのだが、ホームに降りて見ると、何のことはない、その三両には、「浦佐―会津若松」と書いた表示板がついて

いない。

浦佐から、五両編成で来て、この小出で、切り離されたのである。

小出から先は、二両で、十分間に合うということなのだろう。

まだ、発車まで、七、八分ある。

車掌と、運転手は、ホームの端で、のんきに、お喋りをしていた。

乗って来る乗客も、まばらだった。

ホームの五、六メートル先を、川が流れていた。

発車時刻が近づいて、二人は、車内に入った。

向い合った四人掛けのシートが、並んでいるのだが、ガラガラだった。

一車両に、せいぜい、七、八人といったところだろう。これでは、二両編成で、間に合うはずである。急行が走っていても、典型的なローカル線なのだ。

ディーゼル車特有のエンジン音を響かせて、可愛《かわい》らしい急行「奥只見」は、小出駅を、発車した。

亀井が、窓をいっぱいに開けた。

青葉の匂いと一緒に、爽《さわ》やかな風が、吹き込んで来る。

「単線なんだね」

十津川は、改めて見直した。

「それで、納得が、いきましたよ」

と、亀井が、いう。

「何がだい？」

「小出から、終着の会津若松まで、百三十五・二キロなんですが、急行で、三時間半ばかりかかるんです。ずいぶん遅いなと、思っていたんですが、単線なんで、待ち合わせに、時間が、必要なんでしょうね」

「そうだろうね。単純計算したら、時速四十キロ以下だ。すれ違いに時間がかかると考えないと、少しばかり遅すぎるからね」

若い車掌が、車内検札にやって来た。朴訥《ぼくとつ》そうな青年だった。

「いつも、こんなに、乗客が少ないの？」

と、十津川は、きいてみた。

「ええ」

と、車掌は、肯いてから、

「それでも、団体が乗ってくると、増結します」

「二両が、もっと、増えるわけだね？」

「そうです」

「五月十三日は、どうだったのかな?」

「十三日ですか」

車掌は、座席に寄りかかり、ポケットから手帳を取り出した。

二両編成の上、乗客は、せいぜい、十四、五人だから、車掌が、途中で止まっていても、誰も、文句は、いわないのだろう。

「ああ、団体客があったんで、一両、増結しました」

若い車掌は、ニッコリして、いった。

「すると、こちらの車両も、もっと、混んでいたわけだね?」

十津川が、きくと、車掌は、手帳をしまってから、

「いえ、このくらいの乗客でした」

「すると、団体客は、増結した一両に、乗っていたわけだね?」

「そうです」

「どんな団体客だったか、覚えていないかね?」

「確か、修学旅行だったと思います」

「どこの学校か、覚えているかね!?」

「いえ。そこまでは、覚えていません。あとで、調べれば、わかりますが」

「では、その結果を、電話で、教えてくれないか」

十津川は、名刺を渡した。

「警察の方ですか」

若い車掌は、びっくりした顔で、十津川と亀井を、見直した。

十津川は、微笑した。

「そうです。必ず、連絡して欲しい。明日にはわれわれは、東京に帰っているはずだ」

「でも、この只見線の車中で、事件が起きたことは、ありません」

「わかっているよ。この沿線で起きた事件のことで、調べているんだ」

「ああ、入広瀬で、東京の人が殺された事件ですね？」

「まあ、そうなんだがね」

「必ず、連絡します」

車掌は、緊張した顔で、いった。

車掌は、隣りの車両の車内検札に、廻って行った。

「修学旅行で、一両増結したといっていましたね」

亀井が、車掌の消えた隣りの車両の方に眼をやった。

「ああ、そういっていたね」

「どうも、信じられませんね。たった一両で間に合う修学旅行というのは」

亀井が、首をかしげている。

十津川も、前に東京駅で見かけた修学旅行の団体のことを思い出していた。

確かに、亀井のいう通り、一両だけでおさまってしまうような修学旅行というのは、小さすぎる気がした。

二両連結の急行「奥只見」は、新緑の中を、ことことと、走り続ける。

遠くの高い山の頂《いただ》きには、白い残雪が見えた。

小さい駅に、時々、停まるが、ほとんど、乗客の乗り降りがない。

十津川と、亀井は、殺人事件を追っているということもあったし、景色もいいので、開けた窓から、外を眺めていたが、他のまばらな乗客は、土地の人たちらしく、座席の中で、居眠りをしたり、景色など見ずに、お喋りをしていた。

入広瀬駅に着いた。

単線だから、ホームは、片側にしかない。

九時を少し過ぎている。

「この辺りで、岸本は、殺されたんだね」

十津川は、駅名に、眼をやった。

「降りてみますか？」

「いや、このまま、会津若松まで、行ってみよう」

と、十津川は、いった。

九時一一分に、列車は、入広瀬を発車した。

動き出してから、十津川は、

「この窓は、大きく開くから、人間一人、簡単に、抜け出せるね」

と、亀井に、いった。

「今の入広瀬でも、ホームと反対側の窓を開ければ、誰にも知られずに、列車から、抜け出せるということですか？」

「そうだよ。ごらんの通り、乗客は、ほとんど乗っていないし、乗っていても、眠っている人が、大半だ。それに、駅の近くでも、家並みは、まばらだからね」

と、十津川は、いってから、通りかかったさっきの車掌に、

「入広瀬駅には、駅員は、いるの？」

と、きいた。

「一応無人駅になっていますが、観光客が困るといけないというので、村で、駅員を、雇《やと》っています」

「観光客が、あの駅で、降りるのかね？」

「入広瀬村は、山菜共和国を名乗って、今、観光客の誘致に、努力していますから」

と、車掌が、いった。

「山菜共和国ねえ」

「民宿も、ありますよ」

林業のほかは、山菜ぐらいしかないので、これからは、山菜で、観光客をもてなす方向で、努力していると、車掌は、いった。

殺された岸本は、その山菜を食べに、あの駅で、降りたのだろうか？

次の大白川駅で、下りの普通列車と、すれ違った。

単線なので、向うの普通列車が、先に着いて、こちらを、待っていた。

九時一九分に、こちらの「奥只見」が、反対側に、着いた。

「下り列車との交換のため十分ほど、停車します」

と、車掌が、いった。

十津川と、亀井は、ホームに降りてみた。

空気が、爽やかである。
ホームでは、駅員が、単線運転に必要なタブレットを、運転手に、渡している。
三分ほどして、下りの普通列車が、発車して行った。同じ二両編成である。
十津川たちの乗って来た急行「奥只見」は、なかなか、発車しない。
眠くなるような暖かさである。
ホームに降りて、大きく、伸びをしている乗客もいる。
近くまで、緑の山脈が、迫っている。反対側には、川が、流れていた。
九時二九分になって、やっと、「奥只見」が、発車した。
「時刻表には、この長い停車時間は、書いてないねえ」
十津川は、時刻表の「只見線」のページを開けていった。

入広瀬発　9.11
↓
大白川発　9.29
↓
田子倉《たごくら》発　9.50

時刻表には、急行「奥只見」のところは、こう書いてあるだけだった。

時刻表で見ていると、大白川に、九時二九分に着き、すぐ、発車するように思ってしまう。だが、十津川が、乗ってみると、実際には、九時一九分に、着いているのである。

4

列車は、福島県に入った。

福島県に入ったことは、いやでもわかってくる。

景色は、同じだが、駅名に、「会津」が、つき始めるからである。

急行「奥只見」は、停車しないが、会津蒲生《がもう》、会津塩沢《しおざわ》、会津大塩《おおしお》、会津横田《よこた》、会津越川《こすがわ》と、さながら、会津オンパレードである。

一〇時四〇分。会津川口着。

景色は、相変わらず、美しい。

山があり、水田が広がり、渓流が見える。

だが、おかしなもので、十津川も、亀井も、だんだん、周囲の美しい景色に、食傷《しよくしよう》してきた。

それに、今日は、朝の五時に起き、新幹線、急行「奥只見」と、乗り継いで来ている。

気がつくと、亀井が、窓にもたれるようにして、軽い寝息をたてていた。

十津川は、亀井を起こさないように、そっと、立ち上がった。

隣りの車両を、見に行った。

乗客は、途中で、何人か降りてしまったので、ますます、少なくなっていた。

急行用の気動車は、一両でも、運行できるようになっているので、前後どちらにも、運転室と、車掌室がある。

従って、一つの車掌室は、使われていなかった。

のぞいてみると、ドアは、手で開けられるようになっていた。停車した時、窓を開ければ、知られずに、列車から抜け出せると思ったのだが、何も、そんな危いことをしなくても、使われていない車掌室のドアから出れば、いいのである。

おまけに、無人駅が多いとなると、この急行「奥只見」から、勝手に抜け出すのは、自由自在だなと、思った。

それが、今度の事件に、関係があるかどうかは、わからないが。

十津川は、空いている座席に腰を下ろし、少し、眠った。

起きた時は、十二時少し前だった。

亀井も、眼を、しょぼしょぼさせながら、起きてきた。

「申しわけありません。寝てしまって」

と、亀井が、頭をかいた。

「私も、つい、眠ってしまってね」

十津川も、笑った。

「眠るには、絶好の列車ですね。気持のいい空気は、窓から入ってくるし、ゆっくり走るし、乗客は、少ないし――」

「間もなく、終着の会津若松だよ」

と、十津川は、いった。

「のどが、渇《かわ》きませんか？」

「ああ、渇いたね」

「小出から、三時間半ですからね。車内に、飲料水もありませんし、車内販売もないから、のどが、渇くのは、当然ですよ」

亀井は、文句を、いった。

会津若松に近づくにつれて、人家が多くなり、ビルも、見かけるようになった。

そういえば、小出を出てから、風景の中に、ビルを見なかった。それも、この只見線が、山あいを走るローカル線ということなのだろう。

一二時一八分。

定刻に、会津若松に着いた。

改札口を出ると、いかにも、この町らしく、白虎隊《びゃっこ》のブロンズ像が、建っていた。背中に刀を背負った白虎隊の少年と、片手に、銃を持った少年の二人の像である。

駅前は、なかなか、賑やかに見える。高いビルもあった。が、その向うに、山が迫っていて、この町が、盆地にあることを、知らせてくれる。

「どうしますか？　会津若松警察署へ行ってみますか？」

亀井が、きいた。

「その前に、まず、昼食を、すませようじゃないか。腹もすいてるし、のども渇いているからね」

「いいですね。いつだったか、友人に、会津若松では、田楽《でんがく》のうまい店があるから、そこへ行ってみろといわれたんです」

「よし、そこへ行ってみよう」

十津川は、亀井を促《うなが》すと、タクシーを拾い、運転手に、

「田楽のうまい店へ、案内してくれないか」

と、いった。

運転手が、連れて行ってくれたのは、満田屋《みつたや》という店である。

会津若松では、有名な店らしく、二人が行った時も、観光客らしい人たちで、いっぱいだった。

もともとは、味噌《みそ》屋だったということで、店を入ったすぐのところには、さまざまな味噌を売っていた。

店の奥が、田楽を食べる場所になっている。十津川たちは、席が空くのを待って、腰を下ろした。

さといも、こんにゃく、にしん、餅《もち》など、その場で焼いて、秘伝の味噌をつけて、食べさせる。

うまいし、安いのも魅力だった。

この店が、観光コースに入っているのか、どっと、団体客が入ってくる。

十津川と、亀井は、その団体客に、押し出されるように、外に出た。

5

もう一度、タクシーを拾って、二人は、会津若松署へ向った。

白い三階建の洒落《しやれ》た建物だった。

十津川たちは、刑事課長の中根に会った。

「まず、こちらのわがままを、心よく、きいていただいたお礼を申しあげます」

と、十津川は、頭を下げた。

中根は、一瞬、くすぐったそうな表情になったが、

「しかし、われわれは、いぜんとして、事故死説をとっていますよ。昨日も、酔った男が、同じように、石垣の上から、濠に落ちて、死亡しているんです」

「東京で、殺人事件が起きました。ここで死んだ今西と同じクラブの会員だった男です」

十津川は、東京で殺された柴田克彦のことを、詳しく、中根に説明した。柴田のメモにあった急行「奥只見」の文字のこともである。

中根は、黙って、きいていたが、

「すると、東京警視庁は、同一犯人が、入広瀬、会津若松と、殺しを重ね、今度は、東京で、人を殺したと、いうわけですか？」

「私は、そう思っています」

「いくら強引に、結びつけても構いませんがね、鶴ケ城で死んだ男は、やはり、事故死ですよ」

「その結論に、別に、反対はしませんよ」

十津川は、微笑しながら、中根に、いった。が、すぐ、それに付け加えて、

「ただ、当日の今西の行動が、わかりませんか？　わかっているのなら、ぜひ、教えて、いただきたいんです」

「今西は、あの日、タクシーで、市内観光をしています」

「ほう。調べられたんですか？」

「いや、今西を乗せたタクシーの運転手が、見つかったというだけのことです」

「その運転手に、会いたいですね」

「連絡して、ここに、来て貰いましょう」

と、中根は、いってくれた。

十津川は、ほっとした。事故死説をとる会津若松署のことだから、ケンもほろろの

応待をされるのではないかと、覚悟をしていたのである。

十五、六分して、タクシーを運転して、問題の運転手が、やって来た。

十津川と、亀井は、そのタクシーに、乗り込んだ。

「今西という客を乗せたそうだね？　鶴ケ城のお濠で亡くなった男だ」

十津川が、いうと、運転手は、

「ええ。間違いありません。市内を、ひとめぐりしたんです」

と、いった。

「その通りに走ってみてくれないかね？」

「そりゃあ、商売だから、構いませんが、一万円以上、かかりますよ」

「構わないさ。その代り、走っている間に、今西という客が、どんな様子だったか、思い出して、教えて貰いたいんだよ」

と、十津川は、頼んだ。

「あんまり話はしませんでしたがねえ」

「それなら、それでいいんだ。彼は、どこから、君の車に乗ったんだね？」

「会津若松の駅前です。十二時二五、六分頃でしたね。急行『奥只見』で来たんだといってましたね」

「じゃあ、まず、駅前へ行ってくれないか」

十津川がいい、タクシーは、会津若松駅に引き返した。

駅前に着くと、亀井が、

「彼は、乗ってから、どこに行ってくれと、いったんだ？」

「市内を見て廻りたいが、その前に、何か食べたい。ここの名物で、何かうまいものはないかといわれたんで、田楽の満田屋へご案内しました」

「満田屋ねえ」

思わず、十津川は、亀井と、顔を見合わせてしまった。おもしろい一致だが、それだけ、あの店が、ここでは、有名ということなのだろう。

「それで、まず、満田屋へ行ったんだね？」

十津川が、確認するように、きいた。

「ええ」

「じゃあ、その通り、走ってくれないか」

と、十津川は、いった。

「彼は、一人で、乗って来たんだね？」

「そうです」

「市内観光のあとは、どこへ行くと、いっていたのかね？」

「とにかく、夕方の六時に、東山《ひがしやま》温泉に行けばいいんだと、いってましたね。東山温泉の夕陽楼《ゆうひろう》という旅館に、予約してあるんだといってましたよ」

「じゃあ、市内観光がすんだら、そこまで、送って行くことになっていたんだね？」

「最初は、そういう約束だったんですけどね」

「最初というと、途中で、違って来たのかね？」

「そうなんですよ」

と、運転手が、いっているうちに、タクシーは、満田屋の前に着いた。相変わらず、観光客が、来ている。

「あのお客さんは、三十分ほどしたあと、迎えに来てくれといいましてね。それで、三十分して、車を廻したんです」

運転手は、店を見ながら、いった。

「それで、今西は乗って来た？」

「ええ」

「何かいっていたかね？」

「なかなか、美味《うま》かったと、いってましたよ」

「それから、市内観光に行ったわけだね?」

「ええ」

「最初に、どこへ行ったんだね?」

「順序として、まず、鶴ケ城へご案内しますと、いったんです。そしたら、鶴ケ城は、一番あとにしてくれということでしたね」

「なぜかな?」

「急に、人に会うことになったから、最後に、鶴ケ城へ行きたい。五時半頃に、行って欲しいというんです」

「六時までに、東山温泉に行くことになっていたんじゃないの?」

「最初は、そういうことでしたからね。東山温泉へは、行かなくていいんですかって、きいてみたんですよ」

「そうしたら?」

「鶴ケ城で、人に会ってから、車を拾って行くからいいと、いわれましてね」

「そうか」

「それで、まず、会津歴史館へ行ったんですが、その通りに、走りますか?」

「ああ、そうしてくれ」

と、十津川は、いった。

今西は、最初、市内観光のあと、予約しておいた東山温泉へ行くつもりだったのだ。

それが、急に、夕方、鶴ケ城で、人に会うことになった。

走り出したタクシーの中で、十津川は、

「駅で乗せて、満田屋に着くまでの間に、今西は、車を停めて、電話をかけたことはなかったかね？」

と、運転手に、きいてみた。

「いや、どこにも、停まりませんでしたよ」

と、いう。

とすると、満田屋で、誰かに会い、その人間と、夕方、鶴ケ城で、会う約束をしたのだろうか。

その人間が、城の石垣の上から、今西を、突き落として、殺したのか？

6

会津歴史館に着いた。

歴史館というので、重要文化財に指定されるような古い建物を想像していたのだが、着いてみると、真新しいコンクリートの建物だった。

昔の武家屋敷を模《も》してはあるが、何か、すかされたような気がする。

隣りには、会津漆器の製作工程を見せたり、販売したりする漆器会館がある。どうやら、こちらの方が、人気があるようだった。

大型バスが、何台も駐まっていて、団体客で、いっぱいである。

「私が、案内しました」

と、運転手がいうので、十津川も、一緒に降りてみることにした。

今西も、歴史館よりも、漆器会館の方に、興味があったらしく、そちらに、行ったという。

一階は、大衆的な漆器が、並べてあり、修学旅行らしい子供たちのグループや、老人ばかりの観光客などが、だらだらと、歩き廻っている。

〈高級品は、二階に展示してございます〉

と、いう掲示が出ていた。

運転手は、どんどん、二階に、上がって行く。

二階に上がってみると、こちらは、修学旅行の子供たちが来ていないせいか、静かだった。

一脚、何十万円もするような漆塗《うるし》りのテーブルが、並んでいたりする。

「あのお客さんは、ここで、五枚一万五千円の菓子皿を買いました」

と、運転手が、いった。

その菓子皿は、今西の、ボストンバッグに入っていた、ものだろう。

十津川は、妻の直子《なおこ》が好きそうな花模様の菓子皿を買った。これも五枚一組である。

送ってくれるというので、店員に、頼んだ。

亀井も、いろいろと見ていたが、結局、買わなかった。

二人は、車に戻った。

「次は、飯盛山《いいもりやま》です」

と、運転手が、いった。

飯盛山の麓《ふもと》に着くと、土産物店が、ずらりと並び、ここにも、大型バスが、ひしめいていた。

会津若松というと、十津川は、静かな城下町を想像していたのだが、実際に来てみると、この季節のせいもあるだろうが、賑やかな観光の町という感じがした。

十津川が、運転手に、それをいうと、

「仕方がありませんよ。会津若松には、これといった産業がないですからね。観光に、力を入れるよりほかないんです」

「売りものは、やはり、白虎隊かね?」

「白虎隊と、野口英世でしょうね」

と、いって、運転手は、笑った。

「ここでも、今西を、君が、案内したの?」

「そうです」

「じゃあ、一緒に、案内してくれないか」

三人は、タクシーを降りた。

飯盛山の山頂へは、長い石段を、登らなければならない。

子供や老人には、大変だろう。そのせいか、石段の脇に、百円を払うと乗れるエスカレーターがついていた。

エスカレーターといっても、急ごしらえのもので、ゴムの帯が、ずるずると、上へ向って、回転しながら、伸びているだけである。

それでも、老人の中には、料金を払って、危っかしい恰好で、乗っている人もいた。

頂上に着くと、そこは、修学旅行の子供たちで、あふれていた。

学校側が、白虎隊の史蹟《しせき》が、修学旅行に最適と考えたのか、盛岡《もりおか》や、名古屋あたりからも、来ていた。

バスガイドが、のどをからして、白虎隊の自刃《じじん》について、説明していたが、子供たちは、よくわからないようだった。

ずらりと並んだ隊士の墓には、それぞれ、十何歳と、没年が彫られてあり、説明をきいている子供たちも、同じ年代くらいなのだが、平和な今の子供には、白虎隊の少年たちの気持をわかれというのが、無理だろう。第一、自刃という言葉の意味も、わからないのではないか。

「今西が、ここで、誰かに会ったということはなかったかな？」

十津川が、運転手に、きいた。

「いや、そんなことは、ありませんでしたよ」

「ここでは、君が、いろいろと、説明したの？」

「ええ。一応、白虎隊について、説明しました」

「彼は、おもしろそうに、きいていたかね？」

「ええ。ちゃんと、きいてくれましたよ」

「何か、考えているようなところは、なかったかな？」

「さあ、それは、わかりませんが――」

「そわそわして、落ち着きがないというようなことは？」

「いえ。落ち着いていらっしゃるように、見えましたよ」

と、運転手はいう。

殺される予感は、なかったのだろうか？

白虎隊の少年たちが、官軍に追われて、抜けて来た洞穴などを見てから、石段を降りて、車に戻った。

「次は、武家屋敷です」

運転手が、いった。

7

飯盛山から、市内へ戻る形で、しばらく走ると、前方に、また大型バスの群れが見えてきた。

その上、やたらに、「歓迎、武家屋敷」といったのぼりが、立っている。まるで、スーパーの大売出しの感じだった。

城代家老の邸宅を中心に、当時の精米所や陣屋などが、並んでいる。入場料を払って、門を入ると、あとは矢印に従って歩くだけである。

もともと、戊辰《ぼしん》戦争で、城も、武家屋敷も焼失してしまっているから、すべて、新しく造ったものである。そのせいか、どの建物にも、歴史の重みといったものが感じられなかった。

それに、修学旅行の子供たちが、あふれていて、押されて歩く感じだった。

「今西が来た時も、こんなに、混んでいたのかね?」

十津川が、きいた。

「やっぱり、修学旅行の子供たちで、いっぱいでしたよ」

と、運転手がいった。

足が疲れたので、中にある喫茶店で、休むことにした。

ここも、セルフサービスである。運転手が、アイスコーヒーを、運んで来てくれた。

「あのお客さんも、ここで、休んだんですよ」

と、運転手が、いった。

観光バスを運転して来たらしい五、六人の運転手が、隅《すみ》の方で、お喋りをしている。

亀井は、壁に、ずらりと並んでいる有名人の色紙に、眼をやりながら、

「この武家屋敷は、儲かって、仕方がないんじゃありませんか」

と、肩をすくめるようにして、いった。

一人、六百円の入場料を払って、中に入ると、別に、案内人がいるわけではなく、ベルトコンベアに乗せられて、歩いて、出て来るだけである。

運転手の話では、市営ではなく、個人の経営で、儲かったことに気を良くして、別の場所に、古い建物を集めて、史料館みたいなものを造るらしいという。

「五月十三日にも、ここで、今西と一緒に、休んだといったね？」

十津川は、確認する調子で、運転手に、きいた。

「そうです。あの時は、アイスコーヒーでなく、オレンジジュースを飲んだんじゃなかったかな」

「どのくらい、ここで、休んでいたのかね？」

「四十分くらいだったと、思いますよ」

「その間に、どんな話をしたのかね？」

「こっちも、商売気を出しましてね。明日も、どこか見に歩くんなら、乗ってくれませんかって、いったんです」

「そうしたら？」

「今日、東山温泉で休んで、明日は、猪苗代湖《いなわしろ》に行ってみたい。その時には、君に頼むかも知れないというんで、若松交通の渡辺《わたなべ》だと、名前を、いっておいたんです。あんなことにならなければ、十四日も、お供《とも》できたんですけどねえ」

「鶴ケ城で会う人間のことで、何かいってなかったかね？」

「それは、ぜんぜん、きいてませんよ」

「じゃあ、ほかにどんな話をしたのかね？」

「そうですねえ。東京から来たとか、急行『奥只見』に乗って来たとか、そんなことをききましたよ。私の方は、東山温泉の売れっ子芸者の名前を、教えてあげたりしましたがね」

と、運転手は、笑った。

「ここを出たのは、何時頃だった？」

「五時頃だったと思いますね、鶴ケ城に着いたら、五時半少し前だったから」

「その時間になったら、われわれも、出発しよう」

と、十津川は、いった。

五時になって、十津川たちは、その店を出て、車に乗った。

鶴ケ城に着いたのは、五時半少し前だった。

内濠の手前で、車を停めると、

「この先は、車が入れませんから、歩いて下さい」

と、運転手が、いった。

「今西も、ここで、降りたのかね？」

「そうです」

「誰か、ここで、彼を待っていたかね？」

「いや、そういう人は、見かけませんでしたね。まだ、相手の人は、来ていなかったんじゃないですか」

「今西は、どっちの方に、歩いて行ったのかね?」

「大手門を入って、天守閣の方へ、歩いて行きましたよ」

と、運転手は、指さした。

十津川は、ここまでの料金を払って、降りると、亀井と二人、内濠にかかる橋を渡り、大手門をくぐった。

まだ、明るかった。

五重の天守閣が、見えた。五階の展望台では、子供たちが、騒いでいるのが見える。

ここにも修学旅行の子供たちが、来ているらしい。

「今西は、ここで、誰かに会ったわけですね」

と、並んで歩きながら、亀井がいった。

「多分、犯人にね」

「田楽の満田屋で、食事をしてから、急に、コースを変更してここに、五時半に来たわけですから、相手とは、満田屋で、会ったんでしょうか?」

「それとも、今西が満田屋で、相手に電話したのかも知れない」

二人は問題の石垣に、上がってみた。

上には松が植えられ、細い遊歩道が、造られている。

松の枝が頭上にあるので、遊歩道は、何となく、薄暗く感じられる。

二人は、石垣の縁《ふち》に立って、濠を見下ろした。

皇居のように、ゆるい傾斜の石垣ではなかった。

ほとんど、垂直の石垣である。敵の攻撃を守るという立場からいえば、この方が、実戦的だろう。

高所恐怖症の十津川は、すぐ、あとずさりしてしまった。

「こりゃあ、落ちれば、死にますね」

と、亀井が、いった。

高さも、十メートル前後あるのではないか。

会津若松署の刑事たちが、あやまって落ちたと考えるのも、無理はないと、十津川は、思った。

石垣には、転落防止のための手すりはない。下をのぞいていて落ちてしまうことは、十分に、考えられるからである。酔っていれば、なおさらだろう。

だが、十津川は、今西浩が、ここから、突き落とされたと、思った。会津若松へ来て、タクシーで廻って、さらに、その気持が、強くなった。

「今西は、相手が、まさか、自分を殺すとはまったく思っていなかったようですね」

と、亀井が、いった。

「もし、少しでも、危険を感じていたら、のんきに、市内見物など、しなかったでしょうからね」

「その通りさ。ここで、今西が会った人間は、親しい関係で、自分が恨まれているなどとは、少しも、思っていなかったと、思うよ」

と、十津川も、いった。

「そいつが、入広瀬で、岸本を殺し、翌日、大和町で、川島を殺したわけですね」

「その上、東京で、柴田克彦を、殺したんだ」

「四人殺したわけですか？」

「ああ、そうだ」

「これから、どうしますか？　すぐ、東京へ帰りますか？」

「その前に、東山温泉の夕陽楼という旅館に、電話してみたいね」

と、十津川は、いった。

彼は電話ボックスを探し、電話帳で調べて、連絡してみた。

タクシー運転手の話は、本当だとわかった。

今西浩は、五月十三日に、東山温泉の夕陽楼に、予約していた。

「十三、十四と、二日間、お泊りになるということで、お受けしたんですが、お見えになりませんでした」

と、相手が、いった。

「それで、一人で、泊ることにしてあったのですか？」

「いえ。ご予約では、お二人ということになっていました」

第四章　メンバー

1

「今西さんが予約したのは、いつですか？」

と、さらに、十津川は、きいてみた。

「十二日の夜に、電話がございました」

「前にも、泊ったことが、あるんですか？」

「いいえ。今度が初めてだと思います」

「予約したあとは、何の連絡もありませんでしたか？」

「十三日の当日、お電話がありました」

「何時頃ですか？」

「午後五時四十分頃でした」

「電話で、何といったんですか?」

「今、会津若松に来ているが、そちらに着くのは、七時頃になるので、よろしくということでした。ああ、それから、連れが、来ているかどうか、きかれました」

「まだ、来ていなかったんですか?」

「ええ。それで、まだ、おいでになっていないと、申しあげました」

「結局、今西さんの連れというのは、顔を見せたんですか?」

「いいえ。お見えになりませんでした」

と、相手はいった。

十津川は、公衆電話ボックスを出た。

「何か、わかりましたか?」

と、待っていた亀井が、きいた。

「今西は、東山温泉に、十三、十四と二日間、誰かと一緒に泊ることにしていたことが、わかったよ」

「その連れが誰か、わかったんですか?」

「いや。だが、鶴ケ城で会った人間とは、別人とわかったよ。今西が、鶴ケ城に着いてから、旅館に電話して、連れが、まだ来ていないかと、きいているからだ」

「女と、東山温泉で、落ち合うことになっていたんでしょうか？」

「多分ね」

「それを嫉妬《しっと》した人間が、鶴ケ城で、今西を、石垣の上から、突き落としたということになりますか？」

「その可能性は、大いにあるね」

「東山温泉で、今西と落ち合うことになっていた女が見つかれば、犯人も、自然に、わかってくるんじゃないでしょうか？」

「見つかればね。だが、今西が死んでしまったので、彼女は、後難《こうなん》を恐れて、姿を隠してしまったのかも知れない」

と、十津川は、いった。

「犯人は、鶴ケ城で、今西を殺したあと、十四日の朝には、浦佐に戻って、国際大学の学生である川島を殺したわけですね」

亀井は、考えながら、いった。

「十三日中に、浦佐へ戻ったんだと思うね。それから、翌日の朝、待ち伏せして、川島を殺したんだろう」

「川島と、ほかの二人、柴田も入れれば三人との共通点は、何だと思われますか？まだ、見つかっていないんですが」

「それが、私にも悩みのタネだよ」

「大学も違うし、交際があったという証拠もありません。それに、川島は、例のクラブの会員でもありません」

「今のところ、つながりがないんだな」

「共通点は、東京の人間だということだけですが、これは、共通点とはいえないと思います。東京には、日本の十分の一の人間が、住んでいるわけですから」

「口封じかな」

「と、いいますと？」

「犯人は、十三日に、入広瀬で、岸本を殺し、同じ日に、会津若松で、今西を殺している。只見線の進行方向に向って、犯行を犯している感じがするんだよ。ところが、そのあとで、あわてて、浦佐の大和町に引き返して、川島を殺したような気がするのさ。もし、最初から、川島も殺す気なら、只見線を、逆に動いたんじゃないかね。下りの只見線を利用すれば、まず、会津若松で、今西を殺し、次に、入広瀬で、岸本を殺し、終着の浦佐で、川島を殺せば、おかしないい方だが、スムーズにやれるんじゃないかね」

「すると、最初は、川島を殺す気はなかったということですか?」

「今度の一連の事件を見ていると、そんな気がするんだ。急行『奥只見』を利用して、岸本、今西を殺した。そのあと、あわてて、予定になかった川島を殺すために、引き返したとしか、思えないんだよ」

「会津若松へ来てから、川島を殺さなければいけないと、思い出したということですか?」

「そんな気がしないかね?」

「そうですねえ」

亀井も、じっと、考えている。

「どこかで、夕食をとりながら、考えてみようじゃないか」

と、十津川が、いった。

2

何か郷土料理をと、十津川は、思ったのだが、亀井は、カレーライスがいいというので、近くにあった小さな食堂に入った。

普通のカレーライスが運ばれてくると、亀井は、うれしそうに、

「どうも、ぜいたくな食事だと、落ち着きません。カレーライスか、ラーメンが、一番、気楽になれます」

「郷土料理は、別に、ぜいたくじゃないよ」

と、十津川は、笑った。

だが、亀井の気持は、わからなくはなかった。

やはり、十津川も、日頃食べなれているものを食べている時が、一番落ち着くのだ。食事は、そういうことも考えて、すべきものなのかも知れない。

「さっきの話ですが」

と、亀井は、美味そうに、カレーライスを平らげながら、十津川に、いった。

「口封じというのは、犯人が、川島に、何か見られたということですか？」

「犯人も、岸本や、今西と同じクラブ『泉』の会員だとしよう。彼等は、いずれも、金持ちだ。だから、私やカメさんみたいに、あわただしい旅はしないだろう。早朝に、上野を発《た》って、只見線に乗りに来たりはしない」

「それは、前にも、いわれていましたね。浦佐に着いて、ゆっくり一泊してから、翌

日、急行『奥只見』に乗ったんだろうと」

「それは、間違いないと、思っている。多分、大湯温泉にでも、一泊したと思うね。浦佐に着いたのが、十二日の昼頃だとすると、すぐには、大湯温泉には行かなかったのではないか。大和町を見て廻ったあと、陽が落ちてから、大湯に行った可能性がある」

「その時、犯人は、二人の被害者と一緒のところを、国際大学の川島に見られたということですか？」

「じゃないかと思うんだよ。だから、犯人は、引き返して、川島の口を封じたのではないかとね」

「しかし、その推理には、ちょっと、おかしなところがありますが――」

と、亀井は、いう。

「うん。どこが、おかしいか、指摘してくれないか」

と、十津川は、いった。

亀井は、カレーライスを食べ終え、満足そうに、冷たい水を一口飲んでから、

「遠慮なく申しあげますが」

「うん。その方がいい」

「犯人を含めて、岸本、今西の三人が、浦佐へ来たとします。そして、大和町を見て廻り、その日、大湯温泉に、泊ったとします。そうなると、川島に、三人でいるところを見られただろうとは、推測できますが、ほかにも、いろいろな所で、何人もの人間に、見られたんじゃないでしょうか。特に、大湯温泉では、従業員にも、他の客にも、出会っているはずですからね。川島を口封じに殺すとなれば、ほかにも、何人もの人間を、殺さなければならないんじゃないでしょうか？」

こういう時、亀井は、遠慮なくいう。時には、十津川は、こん畜生と思うこともあるが、結果的には、一番いいことは、わかっていた。

「その疑問については、今は、私にも、答が見つからないな。川島が、多分、特殊な立場にいたのではないかと、考えるだけだね」

「もう一つあります。犯人にとって、川島が、危険な存在だったとすると、なぜ、大和町で、その日のうちに殺さなかったんでしょうか？　まず、川島を殺しておいてから、急行『奥只見』へ乗れば、良かったんじゃありませんかね。川島に会ったのは十二日だったと思いますから、時間は、十分に、あったと、思うんですが」

「それについては、いろいろ考えられるよ。例《たと》えば、犯人は、最初、この旅行で、殺人は計画していなかったという推理だ。ところが、急行『奥只見』に乗ってから、殺すことになってしまった。殺してしまうと、今度は、川島が、危険な存在になってきた。だから、会津若松で、今西を殺したあと、あわてて、大和町に引き返して、川島を殺したんだとね。あるいは、川島を消したあとでと、思ったが、その時間がなかった。とにかく、憎んでいる岸本と、今西を、まず、殺してしまおう。川島自身は、犯人が、そんなことを考えているのは、知らないはずだから、あとで口を封じてもいいだろう。犯人は、そう考えて、まず、岸本と、今西を殺したのではないか」

「それなら、わかります」

「いや、ほかの理由があったのかも、知れないよ」

「われわれも、もう一度、犯人のように浦佐へ引き返してみますか?」

亀井が、提案した。

「そうだね。犯人が、どうやって、引き返したのかも、知りたいからね」

3

今西が、鶴ケ城で、タクシーを降りたのは、午後五時半少し前だった。これは、タクシーの運転手が証言しているから、間違いないだろう。

犯人は、その今西を、石垣の上から突き落として殺した。この時刻は、恐らく、午後七時前後だろう。死亡推定時刻も、午後七時から八時となっている。

遅くとも午後八時として、犯人が、どうやって、大和町に戻ったかと、十津川は、
考えてみた。

川島伸行は、翌日の午前七時から八時の間に殺されているのだから、それまでに、
犯人は、戻らなければならなかったことになる。

一番、最初に頭に浮かぶのは、来た時と同様、只見線を利用することである。

十津川は、時刻表を調べてみた。

単線の上に、非電化区間だから、驚くほど、本数が少ない。

会津若松から、小出まで行く最終列車は、一五時五一分（午後三時五一分）であ
る。

「早くなくなるんだねえ」

と、十津川は、亀井と、顔を見合わせる。

あと三本、下りの列車があるのだが、いずれも、途中までしか動かない。

一六時二〇分　会津坂下《ばんげ》行
一八時二六分　只見行

二〇時五〇分　会津川口行
の三本である。

午後七時から八時までの間に、今西を殺した犯人が乗れるのは、二〇時五〇分発の会津川口行だけである。

午後八時に殺したとすれば、この列車でも、ぎりぎりである。

それに、会津川口までしか行かないのでは、ほぼ只見線の真ん中で、泊らなければならなくなってしまう。

と、いって、会津若松に一泊して、翌朝、只見線に乗ったとしても、間に合わない。

午前五時二四分発が、小出行の始発だが、この列車が、小出に着くのは、一〇時〇五分で、間に合わないのだ。

では、会津川口で一泊して、翌朝といっても、只見線では、始発が、前記の列車だから、大和町の犯行は、無理である。

タクシーを、使うしかない。

会津川口から、大和町まで、七十キロ前後だから、タクシーで二時間あれば、ゆっくり到着できるだろう。

次は、只見線以外の鉄道を利用する方法である。

①会津若松から、磐越西線《ばんえつさいせん》で郡山《こおりやま》に出る。郡山から東北新幹線で大宮《おおみや》、大宮からは、上越新幹線で浦佐のルート。

②同じく、会津若松から、磐越西線で、逆方向の新潟に出て、新潟から上越新幹線で浦佐のルート。

①の時間は、会津若松—郡山が、特急で一時間三分、快速なら一時間七分。郡山—大宮が五十九分。大宮—浦佐は一時間二十分。合計で、三時間二十二分から二十六分である。

②の方は、会津若松—新潟が、快速で二時間十九分、新潟—浦佐は、四十分。合計で二時間五十九分になる。

普通に考えられるのは、②のルートである。

「カメさんはどう思うね？」

十津川は、手帳に書き出した三つのルートを、亀井に示して、きいた。

「そうですねえ。犯人が、どんな人物かわからないので、ちょっと判断は下せませんが、犯人は、翌十四日の朝早く、大和町で、川島を殺さなければならなかった。朝、自転車で走る習慣のある川島を、待ち伏せして、殺さなければならなかったわけです。となると、犯人は、朝早く、大和町の現場に、いなければなりません。従って、会津川口、大宮、あるいは新潟に泊って、朝一番の列車とか、タクシーで、大和町へ向ったとは考えにくいのです」

「つまり十三日中に、大和町か、その近くに行って、一泊したということだね？」

「そうです。それでないと、朝の待ち伏せは不可能です」

「大和町の近くというと、やはり、温泉かな」

「そうなると思いますね。旅館やホテルの集まっている場所の方が、安全ですから」

4

大和町の近くには、いくつかの温泉がある。

大湯温泉、折立温泉、栃尾又温泉の三つである。犯人は、十三日中に、この三つの温泉のどれかに、泊ったのだろうか？

「いったん、東京に帰ろう」

と、十津川は、亀井に、いった。

「旅館や、ホテルに、当ってみないでですか？」

「容疑者が、ぜんぜんわからずに、旅館やホテルに当ってみても、仕方がないと思ってね。東京に帰って、銀座のクラブ『泉』の会員名簿を、借りるのが先だ。その中から、容疑者が見つかれば、そのあとで、この三つの温泉に行き、旅館や、ホテルに、当ってみた方が、いいんじゃないかね？」

「そうですね。その容疑者の顔写真が、手に入れば、調べやすくなります」

と、亀井も、賛成した。

二人は、磐越西線で、郡山に出て、そこから、東北新幹線で、帰京することにした。

東京に帰ったのは、午後の十一時を廻っていた。

日下刑事たちが、クラブ「泉」へ行って、会員名簿を、借りて来てくれていた。

「貸すのを、渋らなかったかね？」

十津川が、頑固な事務長の大石の顔を思い出しながらきくと、日下は、笑って、

「会員の一人が、また殺されたので、意外にあっさりと、貸してくれましたよ」

「そうか。あれで、会員三人が、殺されたことになるわけだからね」

十津川は、肯きながら、会員名簿を、手に取った。

会員一人に、一ページが使われ、写真と、経歴の入った豪華なものである。

「ぜいたくな作りですね」

と、横から、亀井が、のぞき込んで、感心したように、いった。

「まるで、見合い写真みたいでしょう?」

若い日下が、笑いながら、いった。

そういえば、どこか、似ていた。

どの会員の写真も、正面を向いて、かたい表情である。

写真の下に、生年月日から、略歴、それに血液型まで記入してある。

「これは、いろいろとわかって、ありがたいな」

と、十津川は、正直な気持を、口にした。

四十九人の会員のうち、三人が、死亡しているのだ。

残りの四十六名の中に、犯人がいるはずである。

事務長の大石が、自慢したように、各界の有力者の顔もあるし、若い有名タレントも、会員に入っていた。

弁護士、医者もいる。各界の有名人を、集めたという感じがしないでもなかった。

「相手にしたら、手強《てごわ》そうですね」

亀井が、やれやれという顔で、いった。

「そうだな、やる時は、慎重にやった方がいいだろうね」

「この一人一人に、会って、話を訊《き》きますか?」

「それを、明日から、手分けして、やって貰いたい。殺された岸本、今西と、親しくしていた人物を知りたい。もう一人の柴田克彦は、犯人に心当りがあったために、殺された。とすると、柴田も、岸本や、今西と、親しかった可能性がある。その辺も、考えて、調べてくれ」

と、十津川は、いった。

七人の刑事たちが、四十六人の会員の一人一人に、会って、事情を訊くことになった。

一人、六人か七人という人数である。

一日では無理としても、二日あれば、何とかなるだろうと、十津川は、考えていたのだが、一日目で、問題が起きてしまった。

報告に戻って来た刑事たちが、異口《いく》同音に、会員たちの口のかたさを、なげくのである。

「とにかく、ほとんど喋ってくれません。まるで、一斉に、箝口令《かんこうれい》が、しかれているみたいですよ」

と、日下が、いった。

西本刑事も、肩をすくめながら、

「まるで、戦争の捕虜《ほりよ》みたいに、名前と、年齢と、現在の職業だけは、いってくれるんですが、そのあとは、何を訊いても、だんまりですよ。取りつく島がないというのは、ああいうのをいうんでしょうね。それが一人や二人じゃないんです。清水君や、桜井君の担当した会員も、全員、同じらしいですよ」

と、いう。

他の刑事も、まったく、同じことをいった。

明らかに、会員たちに、箝口令が、しかれているのだ。

「どうしますか？　警部。この状態は、明日も続きますよ。といって喋らないからといって、四十六人全員を、逮捕するわけにもいかんでしょう？」

亀井が、十津川に、訊いた。

「なぜ、この会員たちは、これほど、警察に非協力的なのかな？」

十津川は、考え込んだ。

「まあ、会員の中の、三人が次々と殺されましたからね。当然、会員の中に、犯人がいると見られてしまう。そんなことで、会の名誉が傷つく。下手《へた》をすれば、会そのものの存続も怪しくなる。それで、全員が、何も喋るまいとしているんじゃないんでしょうか？」

「かも知れないな」

「どうしますか」

「あそこで働いているバニーガールがいたね。明日は、彼女たちに、当ってみてくれないか。会員は、口がかたくても、バニーガールたちは、喋ってくれるかも知れんよ。今、何人いるんだ？」

「五人です」

と、日下が、いった。

「じゃあ、その五人全員を、ここへ連れて来た方がいいかも知れないな。一人では、喋りにくくても、五人いれば、喋ってくれるだろう」

十津川が、そういった。

翌日、五人のバニーガールが、捜査本部に、集められた。

普通の服装をしているので、あのクラブで見た時とは、別人の感じだった。

彼女たちは、お互いに顔を見合わせて、一様に、怯《おび》えたような表情をしていた。

クラブの会員が、立て続けに、三人も死んだことに対する怯えもあるだろうし、警察に連れて来られたことへの不安も、あるに違いなかった。

彼女たちに、正直に喋って貰うためには、まず、その怯えや、不安を、取り除かなければならない。

十津川は、すぐ、質問するのをさけて、若い刑事に、飲み物を運ばせた。

「君たちのバニーガールスタイルも素敵だったが、そうして、普通の恰好をしているのも、なかなか、いいものだね」

と、十津川は、あまり上手くないお世辞《せじ》をいった。

それでも、彼女たちの顔に、微笑が浮かんだ。

「君たちの名前から、教えて貰おうかな」

と、十津川は、続けた。

足立玲子《あだちれいこ》、花井《はない》ゆう子《こ》、林《はやし》かおり、島崎《しまざき》エリカ、鈴木《すずき》ケイ子《こ》と、十津川は、彼女たちの名前を、手帳にメモしていった。

経歴は、さまざまだった。現役の女子大生もいれば、元ＯＬもいる。

年齢は、一番若い島崎エリカが十九歳で、あとは、二十代で、最高は、二十六歳だった。

給料は、二十万円。毎年、十パーセントの昇給があるという。

銀座のクラブのバニーガールの給料としては、まあ、普通だろうが、黙って、飲み物を運べばいいのだから、仕事としては、楽だろう。

「本当に、黙っていればいいの?」

と、十津川は、五人の顔を見渡した。

一番年長の足立玲子が、代表する形で、

「会員の方と、お話をすると、かえって、叱《しか》られるんです」

「それは、おもしろいね。なぜなんだろう?」

「事務長さんが、いわれるには、あそこに集まる会員の方々は、男同士の会話を楽しみにくるんだというんです。奥さんと一緒の日常から解放されたい、上役や部下や、仕事仲間との決まりきった会社からも、解放されたい、そう思っているんだから、お前たちが、つまらない話を、持ち出しては、いけないといわれましたわ」

「なるほどね。男の気持のある部分を、うまく突いた商売だねえ。しかし、黙っていた方がいいんだと、楽じゃないの?」

「楽は、楽ですけど、黙っているのも、辛い時がありますわ。やたらに、お喋りがしたくなることがあるんです」

「そんな時には、どうするの?」

「勤務時間が終わったら、みんなで、ロッカールームで、思いっきり、お喋りするんです。それだけでは足らなくて、帰りに、喫茶店や、ラーメン店に寄って、お喋りの続きをすることもありますわ」

「わかるね、その気持は。君たちは、会員とのお喋りを禁止されていても、耳栓をしているわけじゃないから、話し声は、自然に、耳に入ってしまうんじゃないかな？」

5

五人は、顔を見合わせて、ひそひそ、話を始めた。

きっと、あのクラブできいたことは、絶対に、外部へ洩らしてはいけないと、あの事務長に、いわれているのだろう。

「あなたがたも知っているように、あのクラブの会員の中から、三人の死者が出ている。しかも、いずれも、何者かに、殺されているんです。これは、殺人事件の捜査です。だから、知っていることは、すべて、話して貰いたいんですよ」

と、十津川は、彼女たちに、いった。

現役の女子大生の、林かおりが、大きな眼を、十津川に向けて、

「拒否したら、どうなるんですか？」

「なるべく、正直に話して貰いたいと、思っています。捜査に協力して欲しいんですよ。拒否されると、時と場合によっては、逮捕しなければならないかも知れない。なるべく、そういうことには、したくないんですよ」

「逮捕って、本当なんですか？」

「そういうことは、したくないんです。若くて、美しいあなた方を、逮捕なんてことは、悲しいですからね」

「私は、知っていることは、お話しします」

と、林かおりが、いった。

「どうも、ありがとう。あなたが、話して下さったことは、絶対に、外には、洩らしませんよ」

十津川は、約束し、彼女だけを、別室へ連れて行った。

あとの四人には、亀井が、訊いてくれるだろう。

林かおりは、まっすぐに、十津川を見つめて、

「警部さんは、何が知りたいんですか？」

「亡くなった三人と、一番親しかった会員の方を教えて貰いたいのですよ。四十九人

の会員がいたわけだが、全員が、入りまじって、話をするというのではなくて、その中でも親しいグループというのが、あるんじゃないかと思うんですよ。われわれの仲間でも、同じですからね。違いますか？」

「それは、あったと思いますわ。たいてい、五、六人で、同じ顔ぶれの人たちで、かたまっていましたから」

「死んだ岸本さん、今西さん、それに、柴田さんは、同じグループでしたか？」

「ええ。そういえば、いつも、一緒にいたグループの方たちだと思いますわ」

「何人ぐらいのグループでした？」

「六、七人だったと思います。たいてい、そのくらいの人数のグループになっているんですわ」

「じゃあ、そのグループの人たちの名前を、教えてください」

と、十津川は、いった。

林かおりが、教えてくれた会員の名前は、次の四人だった。

湯川《ゆかわ》道夫《みちお》
三木《みき》明《あきら》
中野《なかの》義司《よしじ》

杉森《すぎもり》光治《こうじ》

「いつも、この四人と、死んだ三人は、一緒のグループで、お喋りをしていたんですね?」

と、十津川は、訊いた。

「ええ、だいたいは。他の会員の方も、時には、入って来ることもありましたけど、たいてい、その七人で集まっていらっしゃってましたわ」

「いつも、どんな話をしていたか、覚えていますか?」

「男の人が、男同士で、話すようなことですわ。外国旅行の話とか、どこに、美味い料理店があるとか。政治の話とか、仕事の話とか」

「女性の話も、していたと思うんだけど?」

「ええ。外国で出会った女性のこととか、新聞ダネになった女のこととか、話していらっしゃいましたわ」

「亡くなった三人の思い出というと、どんなことがありますか?」

十津川が、訊くと、林かおりは、ちょっと考えていた。

「私たちバニーガールは、会員の方と、個人的に、おつき合いしては、いけないことになっていますから」

「あなたは、非常に、魅力がありますよ」

「ありがとう」

「男なら、あなたを、食事に誘いたくなると思うんだが、あのクラブの会員で、あなたを、誘った人は、いませんでしたか？」

「いいえ」

「なぜだろう？」

「あのクラブの規則で、会員の方は、バニーガールを、誘ってはいけないことになっているからだと思いますわ。あのクラブは、規則が厳しくて、その規則を破ると、除名になってしまうみたい。イギリスには、そういう名門のクラブがいくつもあるんですってね。その真似をしてるみたいなんです。あのクラブは」

林かおりは、小さく肩をすくめて見せた。

「この四人と、死んだ三人が、一つのグループを作っていたことは、あなたのおかげでわかったんだが、最近、この七人の中で、ケンカみたいなことは、なかったかな？　誰かと誰かが、怒鳴《どな》り合っていたといったようなことは、どうですか？」

「わかりませんわ」

「そういうことが、なかったということですか？」

「そうじゃなくて、あのクラブに来る人たちは、みんな物静かなんです。ほとんど、大きな声を出す人は、いないんですよ。だからだと、思うんですけど」

つまり、教養のある人たちということなのか？

しかし、教養あるといわれる人たちでも、気短かで、すぐ、ケンカする者もいる。それに、メンバーの中には、運動選手もいる。十津川の知っているプロゴルフ選手である。

よく、ケンカをするのでも有名だ。その男が、物静かに、会話を楽しんだのだろうか？

「本当に、このグループの中で、最近、ケンカをしたことは、なかったんですね？」

と、十津川は、重ねて、訊いてみた。

「ありませんわ。私の知っている限りは」

それが、返事だった。

(すると、殺すほどの憎しみは、深く、潜行していたのだろうか？)

6

他のバニーガールたちも、林かおりと同じ四人の名前を、あげてくれた。

会員名簿によって、この四人の経歴を、書き並べて、いった。

○湯川　道夫　　五十歳

グラフィックデザイナー。年収二千万円。

各種の国際賞を受賞している。

妻　和子《かずこ》（四十八）　娘は結婚している。

○三木　明　　二十九歳

プロゴルファー。年収一千万円。

優勝三回の中堅プロ。

妻子はない。

○中野　義司　　四十一歳
　中華料理店「天和《テンホー》」経営。年商八億円。
　チェーン店　六店。
　妻　千代子《ちよこ》（三十八）

○杉森　光治　　三十六歳
　美容院経営。年収三千万円。

　チェーン店　三店。

　妻子なし。


「職業も、年齢も、ばらばらだね」

亀井が、メモを見ながら、いった。

「しかし、この四人に、殺された三人を含めた七人が、あのクラブで、一つのグループを作っていたことは、間違いないんだ」

「よく、共通の話題がありましたね」

「それも、いつも、物静かに、話をしていたそうだよ」

「この三木明というプロゴルファーですが、確か、酔ってケンカをして、三ケ月間の出場停止を食っていたんじゃありませんか？」

「それ、いつ頃だね？」

「一昨年だったと思います」

「調べてみてくれないか」

と、十津川は、いった。

亀井は、新聞社の運動部に電話していたが、受話器を置くと、

「やっぱり、三木明です」

「どんなケンカだったんだ？」

「新宿のクラブで、一人で飲んでいた時、傍で飲んでいた他の客と口論となって、いきなり、殴りつけたということです。相手は、全治一週間の怪我《けが》をして、三木は、逮捕されています」

「それで、三ケ月の出場停止処分を受けたわけか」

「殴られた相手と、示談が成立したので、三ケ月で、すんだんだそうです」

「三木という男は、血の気が多いんだね」

「それで有名だそうです」

「そういう男が、他の会員と、物静かに話をしていたというのは、不思議だねえ」

「そうですね。これから、どうしますか？」

「この四人が、五月十三日に、急行『奥只見』に、乗らなかったかどうか、調べてみたいね」

「じゃあ、また、向うへ行きますか？」

「温泉めぐりをすることになるよ」

「いいですね」

と、亀井が、笑った。

十津川は、日下たちに、四人の五月十三日のアリバイを調べておくようにいってから、再び、上越新幹線で、浦佐に向った。

浦佐に着いたのは、午後三時過ぎだった。

もちろん、急行「奥只見」は、すでに、出てしまっている。

二人は、駅前のスナックで、コーヒーを飲みながら、これからの捜査方法を考えた。

新宿や、渋谷にでもありそうな、横長のスナックである。

スヌーピーのような漫画の描かれたコーヒーカップが、置いてあったりする。すべて、若者向きなのだ。

「今西や、岸本たち、それに犯人を入れて三人だが、多分、十二日は、近くの温泉に泊って、十三日の朝、小出から、急行『奥只見』に、乗ったんだと思うね」

十津川は、この辺りの地図を広げて、亀井にいった。

「温泉ですか」

「まず、目につくのは、大湯温泉だね。この辺りでは、一番大きな温泉だよ」

「そこへ、行ってみますか？」

「そうだね。ホテル、旅館、一軒ずつ、当ってみるより仕方がないね」

それを結論にして、二人は、立ち上がった。駅前から、タクシーに乗った。

「大湯温泉」

と、行先を告げてから、十津川は、もう一度、地図を広げた。

奥只見湖へ行く道路に沿って、折立、大湯、栃尾又と、三つの温泉が、並んでいる。

この中で、一番大きくて、一般的なのが、大湯温泉である。

国道17号線を、まず、北に向って走り、それから、奥只見行の道路に入る。

道路も、よく整備されていた。最近は、どこへ行っても、道路は、きれいに整備されている。

やがて、折立温泉に着いた。小さな温泉である。

そこを通過してすぐ、大湯温泉に着いた。

奥只見湖へ向う道路から外れ、ゆるい坂道を下っていくと、温泉街になる。

川に沿って、ホテルや、旅館が、並んでいる。

川は、流れが早く、渓谷美を造っている。

「イワナが、釣れそうですね」

と、亀井が、いった。

ここには、十二軒のホテル、旅館があると、地図の案内欄に、書いてあった。

十二軒なら、一軒ずつ当っても、そう時間は、かからないだろう。

タクシーを降りた十津川と亀井は、一軒ずつ、フロントに、四人の写真を見せて廻った。

なかなか、五月十二日に、四人の中の一人が、泊ったという返事は、得られなかった。

だが、七番目に当った第一大湯ホテルで、岸本駿一郎と、今西浩の名前を、宿泊カードに、発見した。やはり、岸本と、今西は、前日から一緒だったのだ。

泊ったのは、五月十二日である。

しかし、問題の四人の名前は、見つからなかった。

恐らく、偽名で、このホテルか、別のところに、泊ったのだろう。

「今日は、ここへ泊ることにしようじゃないか」

と、十津川は、亀井に、いった。

「いいですな」

亀井も、肯いた。

十津川は、宿泊カードに、自分たちの名前を書き込んでから、フロント係に、

「この二人の客だがね。他に、もう一人、一緒じゃなかったかな？」

と、訊いてみた。

「いえ、お二人だけでした」

「翌朝、出発したんだね？」

「はい。小出発午前八時四十四分の急行『奥只見』に乗るので、朝食を早くすませたい、それから、間に合うように、タクシーを、呼んでおいてくれと、いわれました」

「そして、翌朝、タクシーに乗って、出発した？」

「はい」

「その時も、二人だけだったの？」

「はい、そうです」

「十二日に、チェック・インしたあと、この二人は、何をしたのかね？」

「夕食を召しあがられて、それから、芸者をお呼びになりました」

「芸者をねえ」

「二人、呼ばれました」

「そのほかには？」

「それだけです。もちろん、温泉にも、入られたと思いますが」

「彼等が呼んだ芸者の名前は、わかっている？」

「調べれば、わかりますが」

「じゃあ、あとで、同じ芸者を、呼んで貰いたい」

と、十津川は、フロントに、頼んだ。

四階の部屋に、案内された。

窓を開けると、急に、水の音が、きこえた。

眼の下に、清流が、音を立てている。山肌が、迫っていた。

「冬は、雪で、大変でしょうね」

亀井が、いった。

五月で、新緑の季節だが、それでも、風は冷たかった。

十津川は、あわてて、窓ガラスを閉め、内側の障子も閉めた。

六時に、夕食が、運ばれた。

山菜が、盛り沢山な夕食だった。亀井が、釣れそうだといった、イワナも、食卓を飾っていた。

7

八時頃に、頼んでおいた二人の芸者が、やって来た。

二人とも、三十五、六歳の芸者である。

十津川と亀井が、刑事と知っているので、ホテルの社長が、心配して、芸者にくっついて、部屋に入って来た。

「この温泉街のことで、何か、お訊きになりたければ、私が、よく知っておりますので、お受けしますが」

社長が、心配そうな顔で、十津川に、いった。

芸者たちが、何をいうかわからないので、心配になったのだろう。

十津川は、有難かったが、社長には、丁重《ていちょう》に、引き取って貰った。社長の前では、芸者たちも、自由に、喋れないだろうと、思ったからである。

十津川は、二人の芸者に、岸本と、今西の写真を見せた。

「五月十二日の夜、この二人が、君たちを、呼んだはずなんだがね」

「ちょっと、見せて下さいね」

芸者の一人が、訛りのある声でいい、二枚の写真を、同僚と見ていたが、

「ええ、覚えてる。このお客さんたち」

と、大きな声をあげた。

きちんと、着物を着て、三味線《しゃみせん》もひけるというのだが、どこか、のんびりした顔付きだった。それに、訛りが、拍車をかけている。

「どうして、覚えてるの？」

十津川が、訊くと、背の高い、ひとみという芸者が、

「変なお客さんだったから」

と、いい、一緒に来ている小柄な、夏子《なつこ》という同僚に、

「ねえ」

「本当に、変なお客さんだったわ」

と、夏子も、大きく、肯いた。

「どこが、変だったのかね？」

「だって、あたしたちを呼んどきながら、自分たちだけで、お喋りをしてるんだから」

「何のために、あたしたち芸者を呼んだのか、わからないわ」

「しかし、花代《はなだい》は、払ったんだろう？」

「ええ、別にチップもくれたわ。でも、あれじゃあ、失礼よ」

「なぜ、そんなことをしたのかな？」

「わからないわ。何もすることがないから、ぱくぱく食べて、どんどん、飲んでやったわ」

「この二人は、その時、どんな話をしていたのかね？」

亀井が、代って、芸者たちに、訊いた。

「あのお客さんたち、何かあったんですか？」

ひとみが、訊き返した。

「実は、殺されたんだ。入広瀬村と、会津若松でね。知らなかったのかね？」

「新聞なんか読まないもの。びっくりしたわ」

二人とも、本当に、驚いている様子だった。

「今の質問だが、彼等が、何を話していたか、覚えていないかね？」

亀井が、くり返した。

「小さい声だから、きこえなかったわね」

「それで、君たちは、何時まで、いたわけ？」

「八時から十時までね」

「全然、話もしないのに、二時間もいたの？」

十津川が、不思議そうに、訊いた。夏子が、

「途中で、ご用がないんなら、帰りますって、何度もいったのよ。その度《たび》に、いや、そこにいてくれって、チップを包んでくれるの。だから、仕方なく、こっちは、こっちで、お喋りをして、お酒を飲んで、十時まで、いたのよ」

「その間に、この中の一人が、二人のところへ、訪ねて来なかったかな？」

十津川が、四人の顔写真を見せた。

だが、二人の芸者は、あっさりと、首を横に振った。

「誰も、来なかったわ。ただ、電話が一回、かかって来たわ」

「ほう。電話がね」

十津川は、きらりと、眼を光らせた。

「その電話は、どんな内容だったのかね?」

「わからないわ。男の人の声だったけど」

「というと、君たちが、最初に出たの?」

「ええ。また、ここの社長が、何か、いって来たのかと思って、あたしが、出たのよ」

と、夏子が、いった。

「それで?」

「そしたら、ここの交換手の声で、そこに、今井《いまい》さんとか、今田《いまだ》さんとかいますかって、きくわけ――」

「今西浩だよ」

「ああ、今西さんだわ」

「それで、彼を呼んだんだね?」

「ええ。今西さん、お電話ですよって、いってるうちに、向うの人が、『もし、もし』って、いって――」

「それが、男の声だったんだね？」

「ええ」

「今西が、電話に出て、どんな話をしていたのか、覚えていないかな？」

「明日、東山温泉で、会うみたいなことを、いってたわ。会津の東山温泉だと、思うんだけど」

「その電話の相手は、男の声だったんだね？」

「ええ。間違いなく、男の人が、『もし、もし』って、いったわ」

「男ねえ」

十津川は、ちょっと、意外だった。

今西は、十三日の夜、会津若松の東山温泉で、誰かと、会うことになっていた。

それを、十津川は、てっきり、女と思っていたのだが、相手は、意外にも、男だったのだろうか。

「その電話がかかったのは、何時頃だったね？」

「九時頃だったと思うわ」

と、夏子が、いった。

さっそく、亀井が、部屋の電話で、ホテルの交換手に、問い合わせた。

芸者のいった通り、五月十二日の夜九時頃、外から、ここに、泊っていた今西浩に、電話が入っていた。

「男の声で、山田《やまだ》といったそうです。どこからの電話かは、わからないと、いっていました」

と、亀井は、十津川に報告した。

「山田？　偽名だな」

「私も、そう思います。四人の中には、ありませんから」

「しかし、今西は、その男と、翌日、東山温泉で、落ち合うことになっていたんだから、山田が、何者かは、わかっていたわけだね」

「と、思いますね」

「そいつが、犯人かな？」

「かも知れないし、違うかも知れません。だが、これで、少しは、進展しましたね」

と、亀井は、いった。

芸者二人は、これだけのことで、花代を貰っては悪いといい、サービスに、部屋のタオル二本で、男のものと、女のものを、作ってくれた。

タオルや、手拭《てぬぐ》いで、男のシンボルを作るのは、十津川も、よく見ていたが、女のものを、タオルで作ってくれたのは、初めてだった。

さっと作ったのだが、なかなか、見事な出来栄《できば》えである。

芸者たちが、帰ってしまったあと、十津川が、

「カメさん、それ、お土産に持って帰ったらどうだね？」

と、笑いながら、いった。

亀井は、まじめな顔で、しげしげと、見ていたが、

「持って帰りたいですが、タオルなしじゃあ、温泉に入れません。残念ながら、こわしましょう」

と、いった。

二人は、そのタオルを、丸めて、一階にある大浴場に入りに行った。

久しぶりに、温泉につかって、ゆっくり、今度の事件について、おさらいをしてみたかったのだ。

大浴場の外に、露天風呂がある。

二人は、そちらに、入ってみた。ぬるい湯のせいか、他の泊り客は、露天風呂には、入りに、来なかった。

すぐ傍を、川が、流れている。

じっと、湯につかっていないと、風が冷たいので、二人は、肩まで、沈んで、事件のことを、話し合った。

とにかく、殺された岸本と今西は、十二日に、大湯温泉のこのホテルに、泊った。そして、翌日、殺されるとも知らずに、小出駅から、急行「奥只見」に、乗ったのである。

「犯人も、同じ列車に乗ったんだと思いますね」

と、亀井が、いった。

「だが、それは、証明するのは、難しいな。あの四人の中の一人だろうが」

第五章　ラムネ菓子

1

「今西と、岸本の二人は、翌十三日の朝、ホテルで呼んでくれていたタクシーに乗って、小出に向った」

十津川は、露天風呂につかりながら、おさらいでもするように、いった。

亀井は、黙ってきいている。

「小出発八時四四分の急行『奥只見』に乗った。タクシーは、そんなに早く呼んだわけではないと思うから、小出駅へ行く前に、大和町へ寄ったとは考えられない。従って、前に考えたように、大和町へ行ったのは、前日の十二日だ」

「同感です」

「そこで、川島に会った。その時に、犯人も一緒だったんだ。一緒にいるところを、川島に見られてしまった。だから、口封じに、彼を、殺さなければ、ならなくなった」

「しかし、犯人は、大和町で、川島に会ったあと、この大湯温泉には、今西、岸本と一緒に、来なかったんですね」

「そこがおもしろい。なぜ、別々に行動したのか？」

「それは、二人を殺さなければと、思っていたからじゃありませんか？　一緒にいるところを、また誰かに目撃されたら、あとで、証人が増えますからね」

「それなら、なぜ、大和町で、一緒に、川島に、会ったんだろう？　そのために、余計な人殺しまでしなければならなくなったんだからね」

「偶然じゃないでしょうか？」

「偶然？」

「そうです。偶然です」

亀井は、タオルで、顔を拭《ぬぐ》った。相変わらず周囲は静かである。

「岸本と、今西は、二人で、揃って、旅行に出ました。十二日に、上越新幹線で、浦佐へ行き、その日に、大湯温泉に泊る。翌日、小出から、急行『奥只見』に乗る。岸本の方は、入広瀬で、途中下車して、山菜共和国を見物する。今西の方は、まっすぐ、会津若松へ行き、東山温泉に二泊する。こういうプランでです。犯人は、これを知っていた。だから、二人のあとを、つけたんです。すきを見て、二人を殺すつもりでですよ。ところが、一緒にいるところを見られてはまずかった。ところが、大和町で、犯人はヘマをやってしまったんです。なぜ、そうなったかは、わかりませんが、例えば、犯人が、大和町の国際大学に、興味を持っていたとします。二人が、大湯温泉に泊ることは、わかっているので、完全な尾行は、必要がない。そこで、関心のある国際大学を見に行った。そこへ、偶然、岸本と今西の二人も来て、出会ってしまった。まさか、犯人が、自分たちを殺しに、来ているのだとは思わないので、岸本と今西は、声をかけた。お互い、同じメンバーズクラブの会員ですからね。仕方なく、犯人も、調子を合わせているところへ、国際大学の学生である川島が、現われたんではないでしょうか。岸本か、今西が、川島に、大学のことを、いろいろときく、犯人も、逃げるわけにもいかず、一緒になって、川島の説明をきいた。これなら、何とか、説明がつくんじゃありませんか？」

「そうねえ」

十津川は、眼を閉じて、考え込んでいる。

「駄目ですか？」

「いや、いい推理だと思うよ。三人が、川島に会った説明にもなる。ただ、犯人が、国際大学に興味を持っていて、というところが弱いね」

「しかし、私も、大和町に、国際大学があるときいて、いったいどんな大学か、興味を持ちました。全日制の高校もない町に、大学があるというんですから」

「その点は、同感だ。しかし、犯人は、岸本と今西をつけて、浦佐へやって来た。最初から、殺すつもりだったかどうかはわからないが、何か、含むところがあったことは、間違いないだろうと思うね。そんな人間が、たとえ、国際大学に興味を感じたとしても、二人をつけ廻すのをやめて、のこのこと、あの大学を見に行くだろうか？どうも、そこが、納得できないんだよ」

「そういわれると、そうかも知れませんね」

「それで、こう考えたら、どうだろうか。カメさんの推理を、途中まで、借用してだ。犯人は、岸本と今西が、旅行するのを知って、つけて来た。これは、間違いないと思う。岸本と、今西は、タクシーを拾い、大和町を見物してから、大湯温泉へ行くことにした。国際大学へも、当然、行ったろう。誰だって、人口一万五千人のところに、国際大学があるときけば、興味を持つからね。犯人は、二人の乗ったタクシーを、尾行した。タクシーでではないと思うが。レンタカーか、盗んだ車でだよ。タクシーだったら、浦佐のタクシーは、少ないから、すぐ、わかってしまうからね。前もって、レンタカーか、その他の方法で、車を用意して、浦佐に、駐《と》めておいたんじゃないだろうか。そうしておけば、その車を、十四日の朝、川島伸行を殺す時にも、使えたはずだよ。問題は、その車だが、十二日に、岸本と今西の乗ったタクシーを、大和町でつけていた時、国際大学の近くで、故障してしまったんじゃないかと思うんだよ」

「故障ですか？」

「ああ、そこへ、自転車で、川島が通りかかった。彼は、気さくな人間だし、人が好《い》いから、どうしたんですかと、声をかけた」

「それで、犯人と、被害者の川島との間に、面識が生れたわけですか」

「あくまでも、私の想像だよ」

と、いってから、十津川は、タオルで、顔を、じゃぶじゃぶ洗った。ぬるい温泉なので、いくらつかっていても、頭が、ぼうっとはならない。

「犯人は、車が動かないのでは、その場から逃げるわけにはいかずに、川島と話をしているところへ、国際大学を見物した岸本と今西が、引き返して来た。犯人は、顔見知りだが、自分たちを殺しに追いかけて来たとは思わないから、当然、タクシーを停めて、犯人に声をかけた」

十津川は、続けて、いった。

「なるほど。そう考えれば、川島が、犯人と岸本、今西の二人が、知り合いだと、わかったことになりますね」

「それに、三人の会話の内容から、犯人が、岸本たちを追いかけて、浦佐へ来たらしいことも、わかってしまったんじゃないかな。岸本たちが、犯人の名前を、いったかも知れないからね」

「そうですね。ただ、タクシーの運転手も、当然、成り行きを見ていたことになってしまいますが」

「そうなんだ。それが問題さ。もし、タクシーの運転手も、三人が話し合っているのを見ていれば、命を狙われるはずだからね。一つだけ、考えられるとすれば、岸本と今西がタクシーで引き返して来て、犯人を見つけた時、タクシーを停めて、車から降りて、近寄ったのかも知れないということだね。タクシーが行き過ぎてしまってから、犯人に気付いて、あわてて、停めて、車を降りて、後戻りして行ったとする。タクシーの運転手は、面倒くさいので、車の中にいた。と、すれば、犯人は、タクシーの運転手には、顔を見られずに、すんだわけだよ」

2

十津川と亀井は、やっと、露天風呂を出た。

「明日、もう一度、急行『奥只見』に、乗ってみないかね?」

と、十津川は、部屋に戻ったところで、亀井にいった。

「やはり、あの列車に、解決のヒントがあると、お考えですか?」

「この温泉街を、いくら、訊いて廻っても、例の四人の一人が泊ったホテルや、旅館は、見つからないからね」

「他の温泉へ泊ったんでしょうか? 折立温泉にでも」

「いや、違うように、思えて来た。温泉へ泊れば、どうしても、あとでわかってしまうからね」

「と、いうと、どこで夜を過ごしたと、思われますか?」

「犯人が、車を用意してあったとすれば、その車で、寝たかも知れない。今は、車の中で寝ても、風邪をひく気候じゃないからね」

「では、岸本、今西の二人と同じように、タクシーを頼みますか？」

「そうして貰ってくれ」

と、十津川は、いった。

四人の容疑者がいて、一人にしぼれないいらだたしさが、十津川には、ある。

十津川の部屋の電話で、東京にかけ、日下刑事を、呼び出した。

「例の四人は、どうしている？」

と、きいた。

「相変わらず、非協力的ですね。銀座のクラブにも、行っていません」

「十二日、十三日のアリバイは、いぜんとして、わからずか？」

「おもしろいことに、このグループは、十二日、十三日の夜は、クラブに、一人も、行っていないことだけは、わかりました」

「なぜ、一人も、行かなかったんだ？」

「グループも、リーダー格の二人、つまり、岸本と、今西が、四、五日、旅行に出ることになったので、クラブに行っても仕方がない、そう思って、行かなかったというのですよ」

「それで、どこにいたのかな？」

「それを、いくら質問しても、そんなことに答える必要はないの一点張りで、取りつく島もありません。四人でなく、誰か一人にしぼれれば、追及の仕方もあるんですが」

「こっちも、一人にしぼる努力をしているんだが、まだ、成果は、上がっていないんだ。そっちは引き続いて、四人の十二、十三日のアリバイを、調べてくれ」

そういって、十津川は、電話を切った。

どうも、あのクラブは、捜査に、非協力的である。

自分たちを犯人扱いするなというのが、向うのいい分なのだろうが、それ以外にも、あのクラブには、何かあるような気がしてならない。

翌朝、八時に、迎えのタクシーが、やって来た。

ホテルには、十三日の朝、岸本、今西の二人を乗せた同じ運転手をと、頼んでおいたのである。

三十二、三歳の比較的若い運転手だった。

走り出してから、十津川が、十三日朝のことを、きくと、運転手は、

「ああ、あのお客さんのことは、覚えてますよ。東京の人だったな」

ニコニコ笑いながら、答えた。あの二人が、チップでも、渡したのかも知れない。

「二人が話をしていたのは、きこえたかね？」

「まあ、何となくね」

「どんな話をしていたかね？」

「さあ、どんな話だったかなあ」

運転手は、首をかしげている。

「芸者の話はしてなかったかね？　前日の夜、二人の芸者を呼んでるんだ」

「いや、芸者の話はしてなかったねえ。それは、間違いないですよ。普通は、たいてい、前夜、遊んだ芸者の話をするもんだけどねえ。その芸者が良かったとか悪かったとかね」

「友だちに、偶然、会ったような話を、してなかったかね？」

「友だちねえ」

と、運転手は、考えていたが、

「そういえば、誰とかは、なぜ、来たんだろうみたいなことをいってましたよ。背の高い方が」

と、いう。背が高いといえば、岸本の方だろう。

「その誰とかというのは、名前は、何といったか、思い出せないか？」

亀井が、運転手に、きいた。

「何といったかなあ。それほど、身を入れてきいていませんでしたからねえ」

「湯川道夫、三木明、中野義司、杉森光治、この四人の中の一人のはずなんだが、思い出せないかね？」

「思い出せないなあ。すみません」

「いいよ、思い出したら、電話して欲しい」

十津川は、名刺を、運転手に、渡した。

タクシーが、小出駅に着いたので、運転手との会話は、自然に、中止になった。

会津若松行きの急行「奥只見」は、三日前と同じように、すでに、ホームに入っていた。

だが、何となく、三日前とは、見た感じが違っていた。

よく見ると、今日は、二両ではなく、三両連結なのだ。

ツートンカラーの急行用気動車《ディーゼル》二両に、真っ赤な普通用気動車《ディーゼル》が一両、連結されているのである。

普通用気動車には、「急行」と書いた紙を、応急用に、貼りつけてあった。乗務員が書いたらしく、稚拙《ちせつ》な文字なのが、いかにも、ローカル線らしかった。

十津川が、ホームにいた車掌に、増結された理由をきくと、

「修学旅行の団体があるんで、一両、連結してあります」

という答だった。

なるほど、先頭の車両から、賑《にぎ》やかな子供たちの声が、きこえてくる。

三日前の若い車掌も、それらしいことを、いっていたのを思い出しながら、十津川は、亀井と、二両目に乗った。

二両目は、がらがらだった。折角《せっかく》、最後尾に連結した車両には、四、五人しか乗っていない。これでは、別に、一両、増結する必要もなかったろう。

先頭車に乗っているのは小学校の五、六年くらいか、人数は、せいぜい二十四、五人である。

列車が走り出して、しばらくすると、子供たちは、二、三人ずつ、かたまって、後ろの車両の探検にやって来た。

都会の子ほど、すれていない感じで、「無邪気」という言葉が、そのまま生きているような子供たちだった。

十津川と、亀井のところにも、女の子が、二人やって来た。

「おじさんたち、どこへ行くの？」

片方の女の子が、ニコニコ笑いながら、きいた。

十津川も、亀井も子供が好きである。特に、亀井の方は、小学生の子供がいるだけに、相好《そうごう》を崩して、

「終点の会津若松まで行くんだ。君たちは？」

「あたしたちも、会津若松」

「どこの学校？」

「十日町《とおかまち》小学校の六年」

「先生も、一緒なの？」

「うん」

「会津若松へ行ったら、どこを見ることになっているのかな？」

「飯盛山なんか見て、それから、猪苗代湖へ行くの」

「そう」

「おじさんたち、何する人？」

「何に見える？」

「うーん」

と、二人とも、可愛らしく、首をかしげていたが、

「サラリーマン」

「お菓子屋さん」

「魚屋さん」

「パン屋さん」

勝手に、いろいろいってから、さっさと、先頭車に、帰ってしまった。

それから、二、三分すると、亀井が、

「あの二人、また来ましたよ」

と、先頭車の方を見て、笑った。

さっきの女の子が二人、十津川たちのところへやって来ると、「ふふふ」と、笑ってから、

「これ、あげる」

と、手に持って来たお菓子を、二人にくれた。

とたんに、十津川は、亀井と顔を見合わせてしまった。

「カメさん。これだよ」

と、思わず十津川が叫んだのは、子供たちがくれたのが、あの十円のラムネ菓子だったからである。

まったく、同じものだった。「イチゴ」の文字と、イチゴの絵、そして、定価十円と書いてある。

「これ、君たち好きなの？」

と、亀井がきいた。

「うん」

と、少女の一人が、肯いてから、

「ほかのお菓子も、持って来てあげる」

「いや、これが、おじさんも好きなんだ。ねえ、十日町というと、五日町《いつかまち》は、近くなのかな？」

「うん」

「この十円のラムネ菓子は、君たちの間で、人気あるのかね」

「うん」

と、二人の女の子は、同時に、肯いた。

彼女たちが、先頭車に戻ってしまうと、十津川と亀井は、いい合わせたように、自分の手の中のラムネ菓子を見つめた。

謎に見えたことが、あっさり、解明されてしまったのである。

五月十三日の急行「奥只見」も、修学旅行の生徒が乗っていて一両増結されていたという。五日町の小学生だと、三日前に名刺を渡した車掌から、電話があったのだ。

とすれば、その子供たちが、岸本と、今西の二人に、ラムネ菓子をくれたに違いない。

もし、犯人が、同じ列車に乗っていたとすれば、五日町の小学生たちが、犯人を見ている可能性があるのだ。子供は、記憶力が強いし、ひょっとすると、犯人にも、お菓子を、あげていた可能性があるのだ。

「小出に引き返そう」

と十津川は、いった。

列車が、どの辺を走っているのか、わからなかったが、とにかく、次に停まった駅で、二人は、ホームに降りた。

大白川の駅で、下りの列車が、すれ違いのために、待っていた。

こちらの先頭車の窓が開いていて、さっきの女の子二人が、首をつき出して、

「おじさーん」

と、手を振っている。

十津川は、彼女たちに、手を振ってから、反対側の下り列車に、飛び乗った。

小出行きの列車は、すぐ、発車した。

一〇時〇五分、小出着。

十津川たちは、すぐ、駅長に会って、用件を伝えた。

五月十三日の上り急行「奥只見」で、会津若松へ、修学旅行に行った五日町の小学校の名前を知りたいということである。

駅長は、電話で、問い合わせたりしていたが、

「五日町のK小学校の五年生二十五名ですね」

と、教えてくれた。

十津川と、亀井は、タクシーで、五日町へ行ってみることにした。

3

新潟県下で、数字のつく町としては、絹織物と雪の十日町、新しい温泉と雪まつりの六日町の二つが有名だが、それだけしかないわけではない。

四日町《よっかまち》も、五日町もある。

五日町は、浦佐と、六日町のちょうど、真ん中にある。

十津川と、亀井は、その五日町のK小学校を訪れた。国道17号線の近くにある小さな小学校だった。一年から六年まで、合わせて、生徒数は、百四十八人だという。

十津川は、その中の五年生に、集まって貰った。五年生全部で、二十五人。男女、半々ぐらいである。

担任の教師が、興味と不安が、入りまじった顔で、見守っていた。

「君たちは、五月十三日に、急行『奥只見』に乗って、会津若松に、修学旅行に、行ったね」

と、十津川は、子供たちに、話しかけた。

「その時に、このラムネ菓子を、持っていった人は、手を上げてくれないかな」

車内で、子供に貰ったラムネ菓子を、十津川は手で振って見せた。

ほとんどの子供が、手を上げた。が、女の子の方が、多かった。

「君たちは、あの時、先頭車に、乗っていたの？」

「はーい」

「ええ、先頭車」

「一番前の列車」

と、いろいろな声が、飛んできた。

「それで、ほかの車両にも、遊びに行って、そこのお客に、お菓子をあげた子もいると思う。ほかの車両に、遊びに行った子は、手を上げて」

十津川が、いうと、また、十二、三人が、手を上げた。

十津川は、その子供たちだけ、残って貰った。

やはり、女の子の方が多い。女の子の方が、おしゃまで、好奇心が強いということなのだろうか。

「まず、この写真を見て貰いたいんだ。覚えている人はいないかな？　君たちの誰かが、この二人に、あのラムネ菓子を、あげたはずなんだ。もし、覚えている人がいたら、手を上げてね」

十津川は、殺された岸本と、今西の顔写真を、子供たちに見せた。

子供たちは二枚の写真をみんなで、ぐるぐる廻していたが、その中の三人の女の子が、手を上げた。

亀井が、彼女たちのところへ行った。

「間違いない？」

「うん。2号車の真ん中辺に、座っていたおじさん」

「二人で、座ってたの？」

「ええ。向い合って、座ってたよ」

「君たちと、どんな話をしたのかな？」

「どこまで行くのかとか、どこの学校とかきかれた」

「君たちも、何か、きいたんだろう？」

「会津若松へ行くって、いってた」

「一人は、入広瀬で降りるって」

予想通りの答が、返って来た。

問題は、それからあとである。

十津川は、今度は、四人の顔写真を、子供たちに見せた。

「この中の一人も、同じ列車に乗っていたはずなんだよ。君たちの中で、その一人を、ほかの車両に遊びに行った時に、見た人はいないかな？　この写真を、よく見て、答えて、欲しいんだ」

と、十津川は、いった。

子供たちは、また、四枚の写真を、廻し見ている。

十津川と、亀井は、じっと、子供たちの返事を待った。

子供たちの記憶力に、賭《か》けてみたのだ。

五分、六分と、たったが、なかなか手を上げてくれる子供がいない。

子供たちは顔を見合わせたり、三、四人がかたまって、お喋りをしていたが、やっと、その中の二人が、手を上げた。

二人とも、女の子だった。

すぐ、亀井が、二人のところに、飛んで行った。

「この四人の中の、どの人を見たの？」

と、亀井は、努めて、優しくきいた。

二人の少女は、黙って、一枚の写真を、指さした。

美容院を経営している杉森光治の写真だった。

「この男に間違いないんだね？」

と、亀井は、念を押した。

「うん」

と、一人が、肯き、もう一人は、

「一番後ろの車両にいた」

「3号車だね？」

「うん」

と、肯く。増結した車両ということだろう。

「この人にも、お菓子をあげたの？」

「うん。ラムネ菓子をあげた」

「彼は、何といったの？」

「ありがとうって、いってた」

「会津若松に着いた時には、この人は、いなくなったんじゃないかな？」

と、亀井は、きいた。

入広瀬で、岸本は、降りている。彼を殺すために、犯人も、降りたはずである。

もし、杉森が、犯人なら、入広瀬で、降りたはずなのだ。

いなかったというか、それとも、わからないという返事が、返ってくるだろうと思っていたのだが、意外にも、

「いたよ」

と、一人が、いった。

「いた？　どうして、いたと、わかるのかな？」

「終点が近くなってから、もう一度、３号車に行ったら、このおじさんがまだいて、

お礼だっていって、チョコレートをくれたの」

「あたしも、貰ったわ」

と、もう一人も、いった。

「どんなチョコレート?」

「M製菓の板チョコ」

「君も?」

「うん」

「終点が近くなってといったけど、どの駅辺りか、わかるかな?」

「会津若松に着く十五、六分前」

「十五、六分ね」

時刻表を見れば、どの駅辺りか、わかるだろう。

亀井は、十津川のところに戻った。

「杉森光治が犯人《ホシ》でしょうか?」

「と、思うがね」

十津川は、慎重に、いった。

4

五年生担当の教師にも、礼をいって、十津川と亀井は、その小学校を出た。

二人は、いったん、浦佐に戻った。

駅前のスナックに入って、昼食をとった。

この店に入るのは、二度目である。

今度は、ラーメンを注文した。

カウンターの向うの女性が、ちらちら、こちらを見ているのは、昨日来た十津川たちを覚えているのだろう。

「杉森光治ですか」

亀井は、改めて、杉森の写真を、見つめていた。

「今のところはまだ、被害者二人と、同じ急行『奥只見』に、乗っていたということしか、いえないよ」

十津川は、あくまでも、慎重にいった。

「しかし、彼以外には、考えられないんじゃありませんか？」

「もう一人、東山温泉で、今西と、落ち合うことになっていた男がいる。最初は、女だと思っていたが、どうやら、男らしいと、わかった。杉森光治は、その男なのかも知れないからね」

「その線もありますね」

「東山温泉で、会うことになっていたのも、恐らく、あのクラブの一人さ。その男が犯人なら別だが、違うとしても、四人の中の一人が、犯人だ。そして、別の一人が、東山温泉で、落ち合うはずだった男ということになる」

「なるほど」

「それに、杉森は、終点の会津若松近くでも、急行『奥只見』に、乗っている。もし、ずっと、乗っていたとすると、杉森には、岸本を、入広瀬で、殺せなくなってしまうよ」

「子供たちの、あの証言には、参りましたね」

亀井は、苦笑した。

あの二人の女の子は、杉森光治が、五月十三日の上り急行「奥只見」に乗っていたと、証言してくれた。

しかし、同時に、杉森は、会津若松近くでも、車内にいたと、証言している。

こちらに、都合のいい部分だけを、信用するわけにはいかないのだ。両方を、信用するしかない。

十津川は、スナックの電話を借りた。東京の日下刑事に、連絡をとった。

「どうかね？　四人のアリバイ調べは、うまくいってるかね？」

と、十津川は、訊いた。

「どうも、うまくいきません。あいまいな答しか、返って来ませんので」

日下が、疲れたような声でいう。

「それなら、杉森光治を、まず、重点的に調べるんだ」

「彼が、犯人ですか？」

「一応、そう思って、調べてくれ。杉森は、十三日の上りの急行『奥只見』に乗っているはずなんだ。相手が、そんなことはないといったら、目撃者が二人もいるといってみろ」

「それ、本当なんですか？」

「ああ、本当だ。それでも、まだ、否認するようだったら、ラムネ菓子と、板チョコは覚えているか、訊いてみるといい」

「ラムネ菓子は、わかりますが、板チョコというのは、何ですか？　板チョコが、どこかで、見つかったんですか？」

「東京へ帰ったら説明する。杉森は、思い当るはずだよ」

「わかりました。これから、杉森に、会って来ます」

と、日下は、いった。

電話を切ると、十津川は、店の人に礼をいって、料金を払い、次に、時刻表を貸して貰った。

只見線のページを開いてみた。

「十五、六分前というと、どの辺ですか？」

と、亀井がのぞき込んだ。

「終点の会津若松着が、一二時一八分だから、会津本郷《ほんごう》の一二時〇一分だな。二つ手前の駅だよ。本当は、三つ前だが、七日町《なぬかまち》という駅には、停まらないからね」

「会津本郷ですか。どんな駅でしたかね？」

「さあねえ。忘れてしまったな」

十津川は、頭をかいた。

駅の数が多すぎるのだ。それに、急行といっても、単線、非電化区間だから、スピードは限られている。

最初のうちは、緊張していたし、景色の良さも、楽しんでいたが、終着駅に近づくにつれて、景色にもあきてきた。

もう一つ。福島県側に入ってからは、会津がつく駅名が、やたらに多くなる。会津蒲生、会津塩沢、会津大塩と、会津のついてない駅名の方が、少ないのだ。

だから、会津本郷といっても、どの駅だったか、思い出せないのである。

「杉森光治が犯人だとして、岸本、今西の二人と一緒に、急行『奥只見』に乗り、入広瀬で、岸本を殺したあと、再び、同じ列車に乗り込むことが、可能でしょうか？」

亀井が、きいた。

「小出から会津若松まで、百三十五・二キロある。それを、急行『奥只見』は、三時間三十四分かけて走っている。時速にして、約四十キロだ。急行にしては、遅いよ。それが、カギになるかも知れないな」

「車ですかね」

「犯人は、浦佐に、車を用意しておいたと思われるからね。もし、前もって、岸本が、入広瀬で降りるのを知っていれば、前もって、車を、入広瀬に廻しておくことが、可能だよ」

「只見線と並行して、道路が走っていますね」

「確か、国道252号線だ」

「よく舗装された道路のように、見えましたが」

「バスが走っているからね。特に、新潟県側は、よく整備されているんじゃないかね」

「バスが走っている道路なら、時速五十キロで走れるんじゃないでしょうか。東京のような渋滞はないでしょうからね。もし、五十キロで走れれば、入広瀬で、岸本を殺してから、車で、急行『奥只見』に、追いつけますよ」

「車掌に、会ってみよう」

「は?」

「五月十三日の上り急行『奥只見』に、乗務した車掌にだよ。杉森光治について、何か覚えているかも知れないからね」

と、十津川は、いった。

「警部、今は、入広瀬で降りた犯人が、果して、車で追いつけるものかどうか、その実験の方が、先じゃありませんか」

珍しく、亀井が、異議を唱えた。

「それは、やらなければならないが、問題は、どこで、追いついたかだよ。子供たちは、会津本郷あたりでは、杉森は、乗っていたといっている。しかし、会津本郷までに、追いつけばいいとは限らない。その前の駅で、すでに、杉森が乗っているのを、誰かが、見ているかも知れないからだ。そうなったら、実験の意味が、なくなってしまう。だから、あの日の車掌に、会って、話を訊きたくなったのさ」

5

十津川は、小出駅に電話をかけ、五月十三日の上り急行「奥只見」に乗務した車掌に会いたい旨をいった。

向うの駅長は、調べてくれてから、一六時二九分小出着の普通列車で、戻ってくると、教えてくれた。

午後四時まで、時間を潰してから、二人は小出駅に向った。

小出駅の駅長が、問題の車掌を、駅舎に、待たせておいてくれた。

先日の若い車掌だった。その時は、名前をきかなかったが、片山《かたやま》だという。

「この間は、ありがとう」

と、十津川は、まず、礼をいってから、

「この写真を見て貰いたいんだ」

と、杉森光治の顔写真を、渡した。

片山車掌は、写真を、じっと見て、

「この人が、どうかしたんですか？」

「五月十三日の急行『奥只見』の3号車に、乗っていたはずなんだ。覚えていませんか？」

十津川が、きくと、片山は、にっこり笑って、

「もちろん、覚えていますよ」

「もちろんというのは、どういうことかな。何か、特徴があったということ？」

「よく話をしたからです」

「話をしたというと、彼が、話しかけて来たということかね？」

「そうです。確か、東京から来たと、いわれていました。名前は、ききませんでしたが」

「どんな話をしたのかね？」

「いつ頃が、一番景色がいいかとか、尾瀬へ行くには、どこで降りたらいいかみたいなことを、きかれましたね」

「小出で、乗って来たんだね？」

「そうです。小出から、会津若松までの切符を、持っておられました」

「ずっと、乗っていたかね？」

「と、いいますと？」

「ひょっとすると、入広瀬で降りて、会津本郷から、また、乗って来たんじゃないかと思っているんだがね」

十津川が、いうと、片山は、首をかしげて、

「あのお客がなぜ、そんなことをしたと思われるんですか？」

「理由は、いえないんだが、事実を知りたいんだよ。どうかね？　この男は、ずっと、乗っていたかね？」

「そうですねえ。ずっと、この人と話をしていたわけじゃありませんからね。ただ、入広瀬と、会津本郷の間、いなかったということは、ありません。途中で、何回も話しましたよ」

「例えば、どの駅あたりで、この男と、話をしたか、いってくれませんか？」

「例えばですか」

と、片山車掌は、ちょっと、考えていたが、

「一番、よく覚えているのは、妙な相談をされたことなんです」

「ほう。どんなことかね？」

「修学旅行の小学生が一緒だったんですが、その子供たちから、お菓子を貰ったと、いわれたんです。にこにこしてましたね。それで、お礼に、何かあげたいんだが、何がいいだろうと、きかれるんです」

「それで？」

「別に、お礼なんか、いりませんよと、いったんですが、この人は、適当なものを考えて、終点に着くまでに、何か、お礼をしようと、いわれていましたね。気持の優しい人だなと、思いましたね」

「それは、どの辺りでのことですか？」

「確か、只見を出てすぐだったと思いますね。只見を出ると、会津川口まで、停車しません。それで、車内を見て廻っている時でしたから」

「入広瀬で、降りていないのかな？」

「調べてみましょうか」

と、片山は、いった。

入広瀬は、無人駅ということになっているが、村の人たちが、山菜共和国の宣伝をし、観光客に来て貰うために、国鉄の退職者二人を雇って、駅の事務と、共和国の観光案内をさせている。

だから、五月十三日に、途中下車していれば、わかるというのである。

片山は、すぐ、入広瀬へ電話して、調べてくれた。

その結果は、次の通りだった。

五月十三日の上り急行「奥只見」から降りた乗客は、一人だけで、途中下車ではなく、入広瀬までの切符だった。しかも、入広瀬の人間ではない。

どうやら、この人間は、入広瀬で殺された岸本に、違いなかった。

「途中下車した人は、いませんね」

と、片山は、いった。

「さっきの話なんだが」

「ええ」

「その写真の男が、君に、子供へのお礼の相談をしたのは、只見駅を出てすぐだったのに、間違いないんだね？」

と、十津川は、確認するように、訊き直した。

「ええ、間違いありませんよ。時間は午前一〇時四、五分頃です」

「じゃあ、この二人は、覚えているかね？　2号車に、乗っていたと、思うんだが」

十津川は、殺された岸本と、今西の写真を見せた。

片山車掌は、その二人の写真を、じっと見てから、

「乗っていらっしゃったような気はしますが、はっきりしません。こちらの方のように、いろいろと、話をした方は、覚えているんですが」

と、申しわけなさそうに、いった。

それが、当然かも知れない。何か、特別のことでもなければ、乗客の一人一人を、覚えてはいないだろう。

6

小出駅を出た時は、六時を過ぎていた。

「状況は、あまりいいとは、いえないねえ」

と、十津川が、渋い顔で、亀井に、いった。

「そうですね。あの車掌は、杉森が、小出から、ずっと、会津若松まで乗っていたと証言するでしょうね」

「入広瀬で降りたという証拠もないからね」

「どうしますか？」

「状況は悪いが、杉森光治が、五月十三日の同じ急行『奥只見』に乗っていたことだけは、確認されたんだ。もっとも、小出から会津若松まで、ずっと乗っていたということになると、会津若松で、今西は殺せても、入広瀬で岸本は、殺せなくなってしまうね」

「杉森は、それを狙ったんじゃありませんか。鶴ケ城の事件は、事故死か、殺人か、どちらとも断定できませんからね。現に、福島県警は、いぜんとして、事故死説をとっています。従って、犯人は入広瀬の方だけ、シロになればいいわけです。岸本も、今西も殺してないということになれば、自然に、大和町での川島伸行殺しも、シロになってしまいます。なぜなら、岸本と、今西を殺した犯人が、口封じのために、やったことになっていますからね。二人を殺してなければ、当然、川島を殺す必要もなくなってくるわけです」

「東京へ戻って、杉森に当ってみるかね」

「そうですね。どんな応答をするか、試してみたいですね」

と、亀井も、いった。

二人は、浦佐に出て、浦佐から、上野行の上越新幹線に乗った。

捜査本部に戻ったのは、九時半になっていた。

まだ、日下や、西本刑事たちは、本部に残っていた。

十津川は、すぐ、日下に、

「杉森光治は、どうだったね？」

と、きいた。

「最初は、五月十三日に、急行『奥只見』に乗っていない、奥只見に、行ったこともないと、いっていましたが、証人もいるし、ラムネ菓子の件も、わかっているといったら、とたんに、あっさりと、五月十三日に、乗ったことを、認めました」

「だが、岸本と今西を殺したことは、否定したんだろう？」

「そうです。自分には、二人を殺す理由がないと、いっています」

「じゃあ、なぜ、あの二人と、同じ列車に乗っていたか、その理由を、いったかね？」

「偶然だといっていました」

「偶然？」

「そうなんです。杉森は、十三日の朝、急に、只見線に乗ってみたくなって、朝早く、家を出たというのです。そして、上越新幹線で、浦佐まで行き、浦佐から急行『奥只見』に乗った。だから、小出から、岸本と今西の二人が乗ったのは、まったく知らなかったといっているんです」

「ふーん」

「嘘《うそ》ですよ。嘘に決まっています」

と、亀井が舌打ちした。

杉森が、犯人に違いないのだ。

「ところで、杉森が、妙なことを、いっているんです」

と、日下は、十津川に、いった。

「どんなことだ？」

「彼は、五月十三日に、急行『奥只見』に乗っていたことは、認めたんですが、実は、もう一人、クラブの仲間が、乗っていたというんですよ」

「もう一人だって？」

「そうです。それが、プロゴルファーの三木明だったというんです」

「同じ列車に、乗っていたというのかね？」

「最初は、変装していたので、彼と、わからなかったというんです。つけひげをつけ、サングラスをかけ、帽子をかぶっていたので、まったく、別人に見えたそうです」

「ふーん」

「しかし、あれは、絶対に、三木明だといってるんですよ」

「その三木明は、ずっと、急行『奥只見』に乗っていたのかね？」

亀井が、きいた。

「杉森の話では、その三木明は、入広瀬で降りたと、いっているんです」

「降りた？」

「ええ。気になるので、見ていたら、改札口には行かず、線路に飛び降りて、姿を消したというんです。だから、おかしなことをするなと、思っていたそうです」

「当の三木明は、何といってるんだ？」

「われわれも、杉森の言葉が、事実かどうか確かめたくて、三木のマンションを訪ねてみたんですが、どこかへ、姿を消してしまっているんです」

「たまたま、留守だったんじゃないのかね？」

「ゴルファー仲間に、すべて当ってみましたし、彼の兄弟、親戚にも、問い合わせてみたんですが、どこにも、行っていません」

「逃げたのか、それとも、殺されたのかな」

「逃げたんだと思います」

と、日下がいった。

「なぜだ？　犯人が、五人目に、三木明を殺したかも、知れんじゃないか」

亀井が、厳しい眼で、若い日下を見つめた。

「殺したとすれば、犯人は、杉森だと思うんです。彼が、苦しまぎれに、仲間の三木の名前を出し、疑いを、三木に向けさせたんだと思います。そうしておいて、三木を消してしまえば、死人に口なしになります」

「そうだな」

「しかし、十津川警部から、杉森の名前をいわれてから、ずっと、彼に、尾行をつけています。今も、桜井刑事と、田中刑事が、つけています」

「その間に、三木を殺した形跡は、なしか？」

「ありません」

「どう思われますか？」

と、亀井は、十津川を見た。

「三木は、確か二十代だったね？」

「そうです。二十九歳で、あのグループの中では、一番若い男です」

「それに、プロゴルファーなら、体力もあるだろうね」

「もう一つ、独身です」

「それなら、実行力は、あるね」

「警部は、杉森でなく、三木明が、犯人だと思われるんですか？」

「いや、それでは、性急すぎるよ。杉森の話が、事実かどうか、まず、確かめなければならないよ」

「どうしたらいいと思われますか？」

「杉森は、三木が、つけひげをつけ、サングラスをかけて、乗っていたというんだろう。まず、それを確かめてみようじゃないか。あの片山車掌に、訊いてみたらいいな。もし、彼が覚えていなければ、例の小学生たちに、訊いてもいい」

と、十津川は、いった。

翌日、亀井は、片山車掌に、電話をかけた。

乗務の前だったが、若い片山車掌は、まじめに考えてくれて、

「そういえば、あの列車の3号車に、それらしいお客さんが、いましたね。帽子にサングラス、それに、ひげ面でした。それが、つけひげとは、気がつきませんでした」

「どこで降りたか、覚えているかな？」

「さあ。はっきりした駅の名前は、覚えていませんが、終点の会津若松までは、乗っていませんでしたね。途中で降りたことだけは、間違いありません」

「入広瀬で、降りたということは？」

「しかし、入広瀬では、一人しか降りていませんから」

「改札口を通らずに、ホームから、線路に飛び降り、姿を消したかも知れないんだよ」

亀井が、いうと、片山車掌は、

「それでは、私にも、わかりません」

と、当然の返事をした。

これで、それらしい男が乗っていたことだけは、確認された。

「三木明を探してくれ。それから、杉森に会ってみたいから、連れて来てくれ」

十津川は、日下と西本の二人に、いった。

第六章　プロゴルファー

1

日下と、西本が、出かけて行ったあと、十津川は、資料室から、ゴルフ年鑑を、持ち出して来た。

「載っていますか？」

と、亀井が、のぞき込んだ。

「過去に、三回も優勝しているんだから、載っているだろう」

十津川は、そういいながら、ページを繰っていった。

主な試合の年度別の優勝者の写真と、ショットした時の写真が、載っている。

三木明の写真も、あった。

ショットした瞬間の写真である。三年前、東北オープン杯に優勝した時のものだから、二十六歳の時だろう。一層、若々しかった。

「なかなかいいフォームですね」

と、亀井が、感心した顔で、いった。

「カメさんが、ゴルフをやるとは、知らなかったね」

十津川が、びっくりした顔をすると、亀井は、手を振った。

「とんでもありません。テレビで、見ているだけですよ。私は、テレビは、ほとんど、スポーツ番組しか見ないんで、自然に、ゴルフでも、眼だけが、肥えてしまうんです」

「とにかく、若いね。羨《うらや》ましいね」

と、十津川は、写真を見ながら、いった。

十津川は、ゴルフ道具は、持っているのだが、クラブを振ったことは、なかった。彼の妻の直子は、前からやっていた。クラブも、彼女が、健康のために、一緒にやりましょうといって、買ってくれたものだった。

「この男が、犯人ですかねえ？」

亀井は、首をかしげている。

「かも知れないね。姿を消してしまっているんだから、犯人でないとしても、何かあるんだろう」

「なぜ、変装までして、三木は、只見線に乗ったんですかねえ」

「三木だけじゃない。殺された岸本も、今西も、もう一人の容疑者杉森も、みんな只見線に乗っている」

「どうなってるんですかね」

「どうなってるのかね。それがわかれば、今度の事件の動機が、わかるんじゃないかな」

と、十津川は、いった。

三木は、ゴルフ年鑑にも、写真が載っているし、平均年収は、一千万円だといわれる。

二十九歳で、これだけの名誉と収入があれば、出世しているといえるだろう。

そんな男が、殺人を犯すだろうか？

日下から、電話が入った。

「今、三木のマンションに来ているんですが、彼は、まだ、帰って来ていません」

「部屋の中で、死んでいるなんてことは、ないんだろうね？」

万一を考えて、十津川が、きくと、

「その心配もあったので、管理人に頼んで、開けて貰いましたが、何もないです」

「部屋の中に、三木の行方がわかるようなものは、なかったかね？」

「西本君と二人で、部屋中を探してみましたが、見つかりませんでした。三木は、旅行が好きなようで、日本全国の写真がありました。これは、ゴルフをやっていて、全国を廻っていることが理由と、思いますが」

「手紙の類《たぐい》は、どうだ？」

「手紙は、沢山あります。交友関係は、広かったようです」

「女は、いなかったのかね？」

「女性からの手紙も、ありました。特に、同じ名前の女性からの手紙が、十通近くありました」

「内容は、どうだ？」

「そうですね。ラブレターのような内容のものもありますし、ケンカでもしたのか、怒ったような内容のものもあります」

「その女性に会ってみたいね。名前は？」

「春日《かすが》みゆき、住所は、東中野《ひがしなかの》のマンションです」

「君と西本君は、そこをすませたら、ゴルファー仲間に、当ってみてくれ」

十津川は、そういって、電話を切ってから、亀井を促して、東中野に出かけた。

駅から歩いてすぐのところに建つ、十一階建のマンションだった。

入口で、「春日」という名前を確認してから、九階へ、エレベーターで、上がって行った。

「ゴルファーというのは、女性にもてるでしょうな」

エレベーターの中で、亀井がいう。

「そうだろうね。背は高いし、収入はいいし、有名人だからね」

と、十津川も、いった。

906号室のベルを押すと、すぐ、反応があった。

飛び出してくるという感じで、さっと、ドアが開いて、若い女が、顔を出した。

何かを期待しているような大きな眼だったが、それが、十津川と亀井を見て、失望の色に変わるのが、わかった。

「三木さんじゃなくて、申しわけありません」

と、十津川は、いった。

「誰なの？」

眼の大きな女性だった。

十津川は、警察手帳を見せた。

女の顔が、蒼ざめた。

「彼に、何かあったんですか？」

「いや、それは、ないと思います。ただ、三木さんのことで、いろいろと、お伺いしたいことがあるのですよ」

「じゃあ、彼が、疑われているんですか？」

「それも、少しあります。ここでは、どうも」

「ごめんなさい」

女は、あわてて、十津川たちを、部屋に入れた。

2

居間の壁には、ショットをした瞬間の三木の写真と、春日みゆきが、クラブを持ち、三木にコーチされている写真が、掲《かか》げてあった。

「あなたも、ゴルフをやられるんですか？」

十津川が訊くと、みゆきは、ちらりと、自分の写真に、眼をやってから、

「プロには、なれませんでしたけど」

「三木さんとは、結婚を約束されていたんですか？」

と、十津川は、訊いてみた。

「婚約していますわ」

「それは、おめでとうございます」

十津川は、いった。が、みゆきは、暗い表情になった。

「でも、彼には、私と、結婚する気は、ないみたいですわ」

「なぜですか？　あなたは、とても魅力的な女性に、見えますがねえ」

「私にも、理由はわかりませんけど、もう、駄目になったみたいな気がしているんです」

「今、三木さんは、どこにいるんですか？」

「わかりませんわ」

「何の連絡も、ないんですか？」

「一度だけ、電話がありましたけど」

「いつですか？」

「昨日の夜おそくですわ」

「どんな話をしたんですか？」

「どこにいるのかって、まず、きいたんです。わかれば、すぐ、飛んで行きたいと思って」

「三木さんは、どういいました？」

「場所は、教えられないと、いいましたわ」

「なぜですかね？」

「私も、理由をききましたわ。なぜ、教えてくれないんだって」

「返事は？」

「自分のことを、もう一度、見つめ直したいんだといいました。だから、一人で、ここへ来ているんだって。それから、結論が出たら、東京へ帰るって」

「それで、さっき、私たちを見て、がっかりされたんですね。三木さんだと、思われたんですね」

「すみません」

「あやまることは、ありませんよ。三木さんのいった、自分を見つめ直すというのは、どういうことなんですかね？」

「わかりませんけど……」

「何か、気になることは、あるんでしょう?」

と、十津川は訊いた。

「多分、銀座の『泉』というクラブのことではないかと思うんです」

「そのクラブのことなら、知っていますよ。なぜ、そう思われるんですか?」

十津川は、続けて、訊いた。

みゆきは、じっと、考えていたが、

「彼は、あのクラブに入ってから、様子が、おかしくなったんです。だから、ですわ」

「どう、おかしくなったんですか?」

「私との約束よりも、向うの会合の方を、優先させるようになってきたんですわ」

「ほう」

「私にとって、それが、とても、悲しくて、口惜《くや》しかったんです」

「そんなに、あのクラブは、楽しいところだったんですかねえ?」

十津川は、自分の眼で見たクラブの様子を思い出していた。

「私は、行ったことがないので、わかりませんわ」

「彼にはそのことについて、何か、いったんですか？」

「ええ。私に対する気持が変わったのかと、きいてみましたわ」

「そうしたら？」

「変わらないと、いったんですけど」

「行動が、伴わなかったというわけですか？」

「五月十三日は、私と、一日、つき合ってくれることになっていたんです。昼間は、どこで遊んで、夕食は、どこでとってと、楽しく、計画を立てていたんです。それが、前日になって、急に、駄目になったといわれて、理由をきいても、いってくれなくて、ただ、ごめんというだけで――」

「五月十三日ですか。クラブ『泉』の会員が、二名、只見線の沿線で、殺された日ですね」

「それは、あとで、新聞で知って、心配していたんです」

「そのことで、彼に、きいてみたことがありますか？」

「電話は、かかって来るんですけど、会っては、いませんわ。その電話の時、きいてみたんですけど、自分も知らないと、いうだけなんです」

「あなたは、只見線に乗ったことがありますか？」

「いいえ、西の方は、時々、旅行しますけど、北の方は、行ったことがないんです」

「昨夜、三木さんから、電話がかかったといいましたね？」

「ええ」

「その時、声の様子は、どうでしたか？　怯《おび》えているようでしたか？　それとも、怒っているようだとか」

「わかりませんわ。でも、何か隠しているのは、確かですわ。昔は、もっと、ざっくばらんな人だったんです。それが、いつも、何か隠しているような感じになってしまったんですわ」

「それは、彼が、クラブ『泉』の会員になってからなんですね？」

「ええ」

「あそこは、推薦者がいないと入れないはずなんだが、三木さんは、誰の推薦で、会員になったんだろう？」

「確か、今西さんの推薦だって、いっていましたわ」

「今西というと、会津若松で死んだ今西浩のことかな？」

「よくわかりませんけど、今西という人だというのは、きいたことが、あるんです」

「なぜ、今西が、推薦したんだろう？　二人の関係については、何か、きいていませ

ど」

「何でも、彼が、今西という社長さんに、ゴルフの指導をしたとか、いってましたけど」

「なるほど。ゴルフですか。それなら、わかりますよ。われわれとしては、一刻も早く、三木さんに会いたいんです。もし、また、連絡があって、居場所がわかったら、すぐ、知らせて欲しいんですよ」

「彼が、何かの犯人なんですか？　例えば、今西という人が、死んだ事件と、関係があるんですか？」

みゆきは、蒼《あお》い顔で、きいた。

「今は、事件の参考人ということです。それに、ひょっとすると、三木さんも、狙われる可能性があるかも知れないんですよ、犯人に。只見線の沿線で、三人の人間が、殺されましたが、それについて、何か知っていると思われた柴田というデザイナーが、殺されました。この人も、クラブ『泉』の会員で、何かを知っていたために、犯人に、口封じに殺されたんだと思っているんですよ」

「じゃあ、彼も？」

「われわれは、三木さんも、何かを知っていると思っているんです。ということは、犯人に狙われているということでもありますからね。一刻も早く、われわれが、会いたいと思っている理由を、わかって下さい」

「彼から、電話があったら、居場所を、きいておきますわ」

と、みゆきは、いってから、

「クラブ『泉』って、いったい、どんなクラブなんですか？」

と、きいた。

「われわれにも、わかりません」

と、十津川は、いった。

3

日下と、西本が、三木と親しいというプロゴルファーの名前を、調べて来た。

浜谷勇《はまたにいさむ》という三十歳の男だった。

浜谷は、今週末から始まる北海道《ほっかいどう》クラシックに出場するために、今夜の最終の便で、羽田《はねだ》から発《た》つという。

十津川と、亀井は、羽田のロビーで、浜谷に、会った。

浜谷は、ゴルファーとしては、小柄だった。それでも、何回となく優勝しているのは、パットの名手だからだろう。

「三木明さんとは、お友だちだそうですね？」

と、十津川が、訊くと、浜谷は顔をしかめて、

「友人だったといった方が、正確ですよ」

と、訂正した。

「最近になって、三木さんの態度がおかしくなって、長年の友情にも、ひびが入ったということですか？」

「まあ、そんなところです」

「どんな風に、彼は変わったんですか？」

「そうね。まず第一に、つき合いが悪くなりましたよ。昔は、気が合って、よく、一緒に飲みに行ったり、女遊びをしたりしましたけどね。誘っても、来なくなった」

「それは、彼に、恋人ができたからじゃありませんか？」

「春日みゆきさんのことでしょう？」

「知ってるんですか？」

十津川が、訊くと、浜谷は、笑って、

「あの二人の仲は、僕が、取り持ったみたいなものですからね。僕の家内と、彼女とは、友だちなんです」

「そうですか」

「だから、彼女とは、関係ないんですよ。僕、あの二人が、結婚する時には、仲人《なこうど》をやってやろうと、思っていたくらいなんですよ」

「すると、彼が、クラブ『泉』のメンバーになってからですか?」

「警察は、あのクラブを調べているんですか?」

「いや、クラブそのものは、調べていませんよ。合法的だし、別に、あの中で、売春が行われているわけじゃありませんからね。ただ、クラブのメンバーの中に、三人も、死人が出ましたから、犯人も、あのメンバーの中にいるのではないかと考えて、調べているわけです」

「すると、彼が、容疑者になっているんですか?」

「いや、三木さんは、参考人です。早く会って、話を訊きたいと思っているんですが、行方が、わからないので、困っているんです」

「残念ですが、僕も、知りませんよ」

「電話もありませんか? ここ二、三日ですが」

「ありませんね。彼が、あのクラブに入ってから、ほとんど、つき合いがなくなっていましたからね」

「今西浩という人を、知っていますか？」

「いや。どういう人ですか？」

「宝石店の主人で、三木さんを、あのクラブに入れた人です」

「ああ、それなら、いつだったか、彼から、きいたことがありますよ。銀座に、大きな店を持っている立派な人だと」

「あなたは、会ったことがない？」

「ええ、ありません。もう、搭乗時間なので」

と、浜谷は、立ち上がった。

十津川は、礼をいって、浜谷が、立ち去るのを見送った。

「友人の浜谷とも、三木は、仲が悪くなっていたんですね」

亀井が、肩をすくめるようにして、いった。

「恋人の春日みゆきともだ」

「両方とも、三木が、クラブ『泉』のメンバーになってからです」

「今度の事件も、あのクラブのメンバーだったから起きたことなのかねえ」

「しかし、別に、怪しい点はないクラブに見えるがね。やたらに、高級さを売り物にするのは、好きになれないが」

「早く、三木を見つけて、話を訊きたいですね。そうすれば、理由が、わかるかも知れません」

「カメさんは、彼が、どこにいると思うね？」

「さあ、わかりませんね。逃げ廻っていることだけは、間違いないと、思いますが」

「彼が、どこにいるか、考えてみようじゃないか。やみくもに探すよりは、早く見つかるかも知れんよ」

十津川は、帰りの車の中で、いった。

「しかし、考えるといっても、恋人の所にも、友人の所にもいないんですから、考えようがないんじゃありませんか」

「彼が、犯人だとしたら、逃げた場所は、わからないよ。しかし、もし、彼が、シロだとすると、考えようがあるんじゃないかね」

「どんな風にですか？」

「三木が、シロだとしよう。とすると、彼は、事件に巻き込まれてしまったことになる」

「そうですね」

亀井も、乗ってきた。

「彼は、自分が、警察に、疑われているのを知っている」

「だから、逃げているんです」

「しかし、無実だ。カメさんなら、そんな時、どうするね？」

「二つありますね。警察に出頭して、すべてを話すか、もう一つは、自分で真犯人を見つけ出して、疑いを晴らそうとするかのどちらかでしょうね。とにかく、私だったら、逃げませんよ。逃げれば、疑いを濃くするだけですからね」

「三木は、警察に、出頭して来ていない」

「とすると、自分で、犯人を探しているんでしょうか？」

「もし、彼が、無実ならばだ。彼は、殺人現場を歩いて廻っているんじゃないだろうか？」

「浦佐へ行き、只見線で、入広瀬、会津若松と、廻っているんでしょうか？」

亀井は、眼を輝かせて、十津川を見た。

「その可能性が、あるんじゃないかな」

と、十津川は、いった。

4

翌日、十津川と、亀井は、一日おいて、また只見線に乗るために、上越新幹線で、浦佐に、向った。

今度は、三木明を探すための旅だった。

浦佐に着くと、二人は、すぐに会津若松行の急行「奥只見」に、乗った。

車掌は、あの若い片山という青年だった。

片山車掌の方も、十津川と、亀井を見て、びっくりした顔で、

「大変ですね」

と、いった。

「今日は、この写真を見て貰いたいんだよ」

十津川は、三木明の写真を見せた。

座席に、寄りかかるようにして、片山は、写真を見ていたが、

「この人が、どうかしたんですか？」

「見たことは？」

「一昨日《おととい》、会いましたよ」

「会った？」

今度は、十津川が、眼を大きくする番だった。

「どこで、会ったんだね？」

「この人は、小出駅に来て、僕を待っていたんです。刑事さんたちが、帰ったあとです。それで、最初は、刑事さんの仲間かと、思ったんですよ」

「彼は、君に、何を訊いたんだ？」

「五月十三日のことです。会津若松で死んだ人の写真を持っていましてね」

「今西浩の写真だね？」

「ああ、あの人です。あの日、彼に、車中で話しかけて来た人間はいなかったかって、訊かれましたよ」

「それで、君は、何と答えたの？」

「ありのままを、いいましたよ。よく覚えてないって、です」

「彼は、この男のことは、訊かなかったのかね？」

と、十津川は、岸本の写真を、片山に渡した。

「これ、入広瀬村で殺された人でしょう？」

「そうだ。岸本という名だが、この男のことも、君に、訊いたんじゃないのかね？」

「いえ、こちらの人のことは、何も、訊かれませんでした」

「そうか」

「ちょっと失礼します」

片山は、列車が、駅に着いたので、ドアを開け、ホームへ降りて行った。

「やはり、三木は、警部の予想通り、ここへ、来ていたんですね」

「きっと、三木は、犯人を見つけに来たんだよ」

「私も、そう思いますね」

「岸本のことを、片山車掌に訊かなかったところをみると、三木は、まっすぐ、会津若松へ行ったのかも知れないね」

「われわれも、そうしますか」

と、亀井が、いった。

三木が、なぜ、入広瀬で死んだ岸本駿一郎のことを、片山に、訊かなかったのか、その理由は、わからない。

会津若松で死んだ今西浩の事件の方が、わかりやすいと、思ったからかも知れない。

三木は、警官ではないから、全部の事件は解決しなくてもいいのだ。一番わかりやすい事件について、犯人を見つけ出せばいい。そう三木は、考えたのではないか。

片山車掌が、戻って来た。

「君は」

と、十津川は、また、話しかけた。

「前に、サングラスをかけ、帽子をかぶり、ひげをはやした乗客を見たと、いったね。五月十三日の急行『奥只見』の中で」

「ええ」

「その客と、この三木という男は、似ていないかね？」

十津川が、訊くと、「え？」と、片山は、声をあげた。

「そうなんですか？」

「君に、訊いているんだよ」

「僕には、わかりません。こっちの人は、サングラスもかけていなかったし、帽子もないし、ひげも、はやしていませんでしたからね」

と、片山車掌は、いった。

急行「奥只見」は、定刻の一二時一八分に会津若松に着いた。

駅の改札口を出たところで、亀井が、

「これから、どうしますか?」

と、きいた。

「三木は、ここへ来て、多分、今西浩の五月十三日の行動を調べたろうと思う」

「そうですね」

「先日、われわれも、同じことをやった。つまり、五月十三日に、今西浩の乗ったタクシーの運転手に話を訊いた」

「すると、三木も、同じことをしたに違いありませんね」

「そうだ。あの運転手に、もう一度会ってみよう」

と、十津川は、いった。

名前と、会社名は、覚えていたから、探すのは、楽だった。

運転手も、十津川たちを覚えていて、

「また、お会いしましたね」

と、うれしそうな顔をした。

十津川は、三木明の写真を、相手に見せた。

「この男が、君に、会いに来たと思うんだが」

「ああ、この人なら、一昨日《おととい》、会いに来ましたよ」

「それで、君に、何をきいたんだ？」

「車に乗ってくれましてね、警部さんと、同じことをききましたよ。鶴ケ城の内濠で死んだ人のことをね。同じ道順で、走ってくれと、いいましてね」

「それで、最後に、鶴ケ城へ行ったんだね？」

「そうですよ」

「じゃあ、われわれも、もう一度、鶴ケ城へ行きたいね」

と、十津川は、亀井と、車に、乗り込んだ。

「ほかへは、行かないんですか？」

運転手は、ちょっと、がっかりした顔で、きいた。

「ああ、飯盛山なんかには、この前、君に案内して貰ったからね。まっすぐ、鶴ケ城でいいよ」

と、十津川はいった。

タクシーは、鶴ケ城に、向った。

「この写真の男は、どんな様子だったね？」

十津川は、運転手の背中に向って、話しかけた。

「どうって、何か一生懸命って感じでしたねえ」

と、運転手は、いってから、

「あの人、どこかで見た顔なんですよ。芸能人でもないし、誰だったですかねえ」

「プロゴルファーだよ」

「ああ、それでなんだ。三木って、人でしょう。何年前だったかな。東北オープンを見に行ったことがあるんですよ。その時、優勝したのが、三木さんなんですよ。それで、見た顔だと思ったんだ」

「それで、鶴ケ城には、五時半頃に、着いたのかね？　前に、われわれを案内してくれた時みたいに」

「いや、少し早く着きましたよ。今西さんが落ちたあたりを、案内して欲しいといわれるんでね」

と、運転手が、いった。

鶴ケ城に着くと、十津川は、三木明を、案内したように、一緒に、歩いてみてくれと、運転手に頼んだ。

三人で、石垣の上まで、上がって行った。

今西が、落ちた場所まで来ると、

「この辺りだというと、三木さんは、じっと、ここに立ってお濠を、見下ろしていましたよ。それが、あまりに、真剣な顔なので、ひょっとすると、泣いているんじゃないのかと、思ったくらいですよ」

と、運転手は、いった。

今西浩は、三木明を、クラブ「泉」のメンバーに、推薦した人物である。

それだけに、三木は、悲しみが、深かったのだろうか。

と、なると、三木明は、犯人ではないと、いうことになるのか？

だが、ここでのゼスチュアは、自分が、手をかけて殺してしまったことへの悔恨《かいこん》ということだって、考えられるのだ。

そうなれば、三木は、連続殺人の犯人ということになってくる。

その場合、問題は、動機ということになるだろう。

恋人のみゆきも、友人の浜谷も、三木が、クラブ「泉」の会員になってから、関係が、おかしくなったといっている。

どうやら、動機も、その辺にあるらしいと思うのだが、はっきりしたことは、十津川も、まだ、わからないのである。

「大丈夫ですか？」

突然、運転手が、十津川に、いった。

十津川の方が、びっくりして、

「何のことだい？」

「警部さんが、あんまり熱心に、下をのぞき込んでいるんで、ひょっとして、飛び降りるんじゃないかと、思いましてね。そうか、死んだ人の知り合いだったんですね」

「それはないよ、私は高所恐怖症で、こういう所は、苦手なんだ」

十津川は、ちょっと蒼い顔でいい、石垣の端から、身体をずらした。

「三木さんも、そんな感じだったのかね？」

と、亀井が、運転手に、訊いた。

「そうですよ。だから、心配になって、しばらく、傍にいたんです」

「そのあと、彼は、どこへ行ったんだろう？」

「東山温泉へ行きましたよ」

「行った？　間違いないね？」

「ええ。私が、送って行ったんだから、間違いありませんよ」

「じゃあ、われわれも、東山温泉へ連れて行ってくれ」

十津川は、もう、歩き出していた。

食事をとってからタクシーに、戻ると、すぐ、発車した。

「最初から、鶴ケ城の次は、東山温泉へ行ってくれと、三木はいっていたのかね？」

十津川は、運転手に、訊いた。

「いや。最初は、鶴ケ城が、最後という約束だったんですよ。さっきもいったように、あの人が、濠に飛び降りるんじゃないかと、それが心配で、見ていたら、急に、東山温泉へ行ってくれって、いわれましてね」

「ホテルや、旅館は、予約してあったのかね？」

「それは、なかったですよ。だから、私が、無線を使って、うちの営業所から、予約して貰ったんです」

「じゃあ、そこへ、われわれも、連れて行って貰いたいな」

「わかりました」

会津若松の町を出て、タクシーは、スピードをあげた。

昔の街道という感じの道路で、両側に、古びた家並みが、続く。

家の裏は、畑である。

「三木は、なぜ、東山温泉に行ったんですかね？」

亀井が、きく。

「東山温泉で、今西が会うことになっていた相手は、三木だったと思うね。だから、急に、行く気になったんじゃないかな」

「何かが、少しずつ、わかってきたような気がしますね」

と、亀井が、いった。

「カメさんのいいたいことは、わかるよ」

「三木は、まだ、東山温泉に、いるでしょうか？」

「いてくれないと、困る。三木が、死んでなければ、彼だって、狙われる危険があるからね」

家並みが、少なくなって、山脈《やまなみ》が、近づいてくる。

東山温泉に入った。

日本風の旅館の前に、停まった。

「ここですよ」

と、運転手が、いった。

十津川と、亀井は、車から降りて、「ときわ館」と書かれた旅館を、見廻した。

亀井が、外に残り、十津川だけが、中に入って行ったのは、三木が、ここに泊っていて、逃げ出した時の用心のためだった。

十津川は、帳場にいた男に、警察手帳を見せた。

ちょっと、相手の顔が、緊張した。

「この男が、一昨日の夕方、ここへ来たはずなんだがね」

と、十津川は、三木の写真を見せた。

「ええ、一昨日、お見えになりましたよ。今もお泊りですが」

と、相手が、いう。

「今も、泊っている？」

「はい。何ですか、一週間くらい、泊りたいと、おっしゃっていらっしゃいます」

「今、部屋にいる？」

「今は、お出かけになっていらっしゃいます。夕食までには、お戻りになると思いますが」

「夕食は、何時だね？」

「昨日、六時には、帰ってみえましたがねえ」

「もう、六時を過ぎてるよ」

「そうですか。六時頃、夕食に戻るからというので、夕食を用意して、お待ちしているんですが」

と、帳場の男はいい、通りかかった女に菊の間には、もう、夕食を運んだかと、きいた。

「今、お部屋に運ぼうとしたんですけど、お客様が、まだ、お帰りになっていません」

「そのままにしておいてくれ。すぐ、お帰りになるだろう」

と、帳場の男は、いった。

十津川は、腕時計に、眼をやった。

六時二十分になっている。

「昨日も、どこかへ出かけたんだね？」

「ええ。お昼過ぎに、お出かけになりました。お戻りになったのは、六時でしたね」

「どこへ行ったんだろう？」

「昨日は、猪苗代湖を見てくると、おっしゃっていましたよ」

「今日は？」

「大内宿《おおうちじゆく》へ、行くと、おっしゃっていましたね」

「大内宿というのは？」

「車で一時間ほど南へ行ったところにある宿場でしてね。昔のままの宿場町になっているので、観光名所になっているんですよ」

「彼が、そこに行ったのは、間違いないんだね？」

「そこへ行くと、いっていましたから」

「ここへ着いてから東京へ電話をかけたと思うんだが、違うかね？」

「それは、わかりません」

「なぜ？」

「部屋にも、電話はついていますが、一階の娯楽室に、公衆電話が置いてあるんです。あのお客さんは、そこから、かけていたみたいですが」

「なるほど」

そこから、三木は、恋人の春日みゆきに、電話をかけたのだろう。そのほかにも、どこかへ、かけたのだろうか？

「大内宿にはタクシーで、行ったんだろうね？」

十津川が、訊いた。帳場の男は、

「昨日の猪苗代湖は、タクシーを呼んで行かれたようですがね。今日は、レンタカーで、行かれたようですよ」

「レンタカーを、どこで？」

「会津若松駅の近くの営業所から、持って来させたようですよ。朝食のあとで、電話をかけていましたからね」

「それで、レンタカーで、出かけたのは？」

「午後一時頃でしたよ」

「普通なら、もう、戻って来る時間だね？」

「そうです」

5

午後七時になった。

陽が落ちて、暗くなってきた。が、三木明は、戻って来なかった。

「逃げましたかね？」

亀井が、きいた。

「それとも、消されてしまったのかも知れない」

「三木は、なぜ、今日、レンタカーを借りて、大内宿とかへ、行ったんでしょうか」

「多分、誰かと、そこで、会うはずだったんだろう。ただ、そのことを、知られたくなかったから、タクシーをやめた。タクシーの運転手というのは、お喋りだからね」

「どうします？　タクシーを頼んで、今から、大内宿へ行ってみますか？」

「いや、明日にしよう。大内宿というのは、国道から離れた場所にあって、夜は、真っ暗らしい。見つけるのは、難しいようだ」

と、十津川は、いった。

その夜は、「ときわ館」へ、泊った。

三木明はその夜、とうとう、旅館に戻って来なかった。

翌朝早く、朝食をすませると、十津川は、まず、タクシーを呼んで貰った。

亀井と、乗り込んで、大内宿へ行ってくれるように、頼んだ。

タクシーは、いったん、会津若松市内に戻り、それから、国道１２１号線を、南に向って走る。

左手に、大きいダムが見える。

先ほどから、会津線の線路が見え隠れしているが、いっこうに列車が走っている景色にぶつからない。まばらな運転間隔なのだろう。

その会津線の湯野上《ゆのかみ》駅の近くで、右に折れて、細い旧道に入った。

くねくねと、曲りくねった細い道である。

道路に沿って、渓流が、続く。ごろごろと、大きな石があって、それが、ところどころに、深みを作っている。

「もう少し、水が増えれば、いい釣り場になるんですがね」

と、運転手が、いった。

タクシーは、だんだん山あいに入って行く。

「昔、会津藩は、大内宿を抜け、この道を通っていたんですがね。それが、新しい街道ができて、大内宿は、取り残されてしまったんですよ」

運転手は、曲りくねった道路を、器用に、走らせながら、十津川たちに、説明してくれる。

山あいの、猫の額《ひたい》ほどの畑に、野菜が、植えられている。

車には、まったく、行き合わなかった。

大内宿は、会津若松では、名所、旧蹟に入っているが、訪れる人は、あまりいないのかも知れない。

「着きましたよ」

と、急に、運転手が、いった。

まるで、映画のセットのように、眼の前に、宿場が、現われた。

ゆるい傾斜で、昇っている道があり、その両側に、古い家が、びっしりと、並んでいる。

保存してあるというのではなく、現在も、人が住んでいるので、活気は見えるが、その代り、窓ガラスだけが、アルミサッシになっていたり、古い家の隣りに、プレハブの家が建っていたりする。

広い道路の両側には、水が、流れていた。

江戸時代初期の宿場の形をそのまま伝えていて、大河ドラマ『樅《もみ》の木は残った』のロケーションに使われてから、有名になったといわれている。

しかし、十津川の眼には、さほど、素晴らしい宿場には、見えなかった。

三木明のことが、気になっているということもあったし、やたらに、暑かったということもあった。

タクシーは、宿場の入口のところで、待っていてくれることになった。

十津川と、亀井は、初夏の眩《まぶ》しい太陽が照りつける道を、ゆっくり歩いて行った。

観光客はなく、十津川たちだけである。

宿場の人たちも、家の中に入っていて、外に出ていない。

撮影の終わったセットの中を、歩いているような気がした。

昔の宿場というのは、こんなものだったのだろうか。

道の両側に、本陣跡とか、炭屋、米屋、酒屋などが、ずらりと、並んでいる。火の見やぐらもある。

ただ、両側に一列に並んでいるだけで、奥行きがない。家の裏はすぐ、畑である。

小学校も一つ、宿場の裏にあって、子供たちが、遊戯《ゆうぎ》をしていた。

たばこ販売機や、ドリンクの自販機が、ぽつんと、置いてあるのは、時代というものだろうか、それとも、観光客用なのか。

「三木は、本当に、ここへ来たんですかね？」

歩きながら、亀井が、きいた。

「来たと思うがね」

「わざわざ、この宿場を見にですか？」

「それより、誰かに、会うためだろう」

「なぜ、こんな所で、会うんでしょうかね？」

「さあね」

十津川にも、わからない。

すぐ、宿場の外れまで、来てしまった。

そこに、この宿場の人々の墓地があり、観音様《かんのん》があり、そして、森があった。

そこにも、三木はいなかったし、レンタカーもなかった。

「引き返そう」

と、十津川は、いった。

また、ゆっくりと、道を降りて来て、待ってくれていたタクシーに乗った。

「引き返してくれ」

と、十津川は、運転手に、いった。

「どうでしたか？　大内宿は？」

運転手が、きいた。

「なかなか、良かったよ」

と、十津川は、いった。

曲りくねった狭い道路を、今度は、下って行く。

「あッ」

と、ふいに、亀井が、叫んだ。

「停めてくれ」

と、運転手に、いった。

道が分かれているところだった。

分かれて、右に伸びる道路は、森の中に、吸い込まれている。

「向うには、何にもありませんよ」

運転手が、顔をしかめた。

「どうしたんだ？　カメさん」

「今、白い車みたいなものが、ちらっと見えたんです」

「じゃあ、運転手さん。向うの道へ、入ってみてくれ」

と、十津川は、いった。
五、六メートル戻ってから、右へ入る道に折れた。
前方に、大きな森が見え、亀井が、いったように、白い、車の一部のようなものが、見えた。

だんだん、それが、自動車の車体であることが、わかって来た。

タクシーが、停まると、十津川と、亀井は、飛び降りるようにして、白い車に、駈け寄った。

白いカローラだった。

運転席に、大きな男が、倒れているのが、見えた。

横腹を刺されたのか、どす黒い血が、運転席を汚し、床にまで流れていた。

その血は、もう、乾き切ってしまっている。

「三木のようですね」

と、亀井が、押し殺したような声を出した。

十津川は、運転席のドアを開け、亀井と二人で、その男の身体を、車の外へ、引きずり出した。

やはり、三木だった。

すでに、死後硬直が、起きている。

顔は、白蠟《はくろう》のようだった。血が、流れすぎたのか。

「大内宿で、誰かに会い、そいつと、ここまで乗って来て、刺されたんだ」

と、十津川は、三木の死体を見下ろしながらいった。

「これで、五人目ですね」

亀井が、憮然《ぶぜん》とした顔で、呟いた。

十津川は、蒼い顔で、こちらを見ているタクシーの運転手に近づくと、

「無線が、通じるかね？」

と、きいた。

「ここは、山の中ですからね。通じないと思いますよ」

「じゃあ、通じるところまで行って、福島県警に、連絡するようにいってくれ。ここで、人が、殺されていると、いってね」

「お客さんたちも、一緒に乗っていかないんですか？」

「ここで、警察が来るのを待っている」

と、十津川は、いった。

タクシーは、すごい勢いで、走って行った。

十津川は、煙草《たばこ》に火をつけた。

「どうだい」

と、亀井にも、煙草をすすめてから、

「刺した犯人は、歩いて、国道まで、出たのかな？」

「国道に出るまで、かなり歩かなければならんでしょう？」

「五、六キロかな。国道に出れば近くに会津線の駅がある」

「犯人は、杉森でしょうか？」

「容疑者として杉森と、三木の二人がいて、その一人が、殺されたんだから、残る人間が一番、怪しいだろうね」

「三木は、なぜ、警察に、出頭しなかったんでしょうか？　自分一人で、犯人に会って、結局、殺されてしまったわけです。なぜ、そんなことをしたんですかね？」

「そういえば、あのクラブのメンバーの一人、柴田克彦という男も、自分で、犯人を見つけようとして、殺されてしまっているんだ」

「そして、今度は、三木明ですか。メンバーが各界のエリートばかりだから、警察の助けを借りずに、自分の力で事件を解決しようとしたんですかね？」

「それもあるだろうね」

「困ったものです」

「もう一つは、クラブの秘密を守ろうとしたのかも知れない。その方が、強いんじゃないかと、思うね」

「その秘密主義が、余分に二人も、死なせることになってしまったわけですね」

亀井は、やれやれという顔で、いった。

静かだった。

人の気配はまったくない。殺すには、絶好の場所だったろう。

「あまり、抵抗した感じは、ありませんね」

と、亀井が、死体の傍に、屈《かが》み込んで、十津川にいった。

「なぜかな。身体は大きいし、スポーツで鍛《きた》えた身体なんだ。それに、まだ二十九歳だから、反射神経も良かったと思うのにね」

「不意をつかれたからでしょうか？」

「それとも、殺されてもいいと、思っていたのかな」

「え？」

「そんな気がするんだよ。はっきりした理由は、ないんだがね。タクシーの運転手が、いってたじゃないか。三木が、今にも、お濠に飛び込みそうな顔で、石垣の上から、下をのぞいていたと。どうも、その姿が、気になって、仕方がないんだよ」

第七章　真実への旅

1

会津若松署に、捜査本部が、置かれた。

署長も、刑事課長の中根も、今西浩が、鶴ケ城で死んだ事件については、頑《がん》として、事故死説を捨てずに、十津川を当惑させていたのだが、今度ははっきりと、殺人と認められた。

それに、今西浩と、三木明との関係から見て、今西も、事故死ではなく、殺人と、考えてくれるようになった。

最初から、今西浩の死を事故死と主張していた小林刑事は、

「やはり、そちらのいう通りでしたね」

と、十津川に頭を下げた。

改めて、十津川は、福島県警と、新潟県警に、合同捜査会議を申し入れた。

三日後に、福島県警（会津若松署）で、合同捜査会議を開くことに決まった。

十津川は、亀井と、いったん、東京に帰った。

事件の根は、銀座のクラブ「泉」にあることが、確かだったようである。

「泉」は、会員が続けて四人も死亡したことから、店を閉めていた。

〈都合により、しばらくの間、店を休ませていただきます〉

と、書かれた紙が、ドアに貼られていた。

それに、肝心の杉森光治は、行方不明だった。

杉森が経営する三つの美容院は、店を開けていたが、社長の杉森が、どこに行ったかは、誰も知らなかった。連絡もないという。警察も、杉森を、見失っていた。

「どうしますか？」

と、亀井が、きく。

「あとの二人に、会ってみよう。死んだ四人、それに、杉森とも、仲が良かったといわれる二人の会員にだよ」

「グラフィックデザイナーの湯川道夫と、中華料理店主の中野義司ですか？」

「そうだ」

「何か、この二人が、知っていますかね？」

「同じ『泉』の会員だからね。私は、この『泉』がどんなクラブだったか知りたいんだ。もし、この二人で駄目なら、ほかの会員にも、会ってみるつもりだよ」

「警部は、ただの親睦《しんぼく》団体とは、思って、おられないようですね？」

「思っていないんだよ。ただの親睦団体なら、会員の連続殺人事件は、起きなかったはずだからね」

「では、どんなクラブだと？」

「それさ。それを、この二人から、訊き出したいんだよ」

と十津川は、いった。

まず、グラフィックデザイナーの湯川に、会うことにした。

原宿《はらじゅく》駅近くに、湯川は、大きな工房を持っていた。

若いデザイナーが七人、そこで、働いている。

十津川と、亀井は、そのビルの屋上で、湯川から、話を訊いた。

「事件のことは、よく知っていますよ」

と、湯川はうすい色のサングラスの奥で、眼をしばたたいた。

「どう思われますか?」

十津川が、訊いた。

「残念ですね。みんな、立派な人たちだったと思います。それが、四人も亡くなってしまったわけですからね」

「杉森さんも、行方不明です」

「そうなんですか」

「なぜ、『泉』のメンバーが、四人も、次々に殺されたか、わかりますか?」

「いや、まったく、見当がつかずに、当惑しているところです」

「しかし、柴田さんは、すぐわかったようですがね」

「柴田——?」

「柴田克彦。あなたと同じデザイナーですよ」

「ああ、あの柴田君ですか。それなら、もちろん、よく知っていますよ」

「彼は、なぜ、岸本さんと、今西さんが殺されたのか、その理由を知っていたし、犯人の目星も、ついていたようなのです。そのために、犯人に殺されましたがね」

十津川は、じっと、湯川を見つめた。

湯川は、視線を、そらせて、しまった。そのまま、黙っている。

十津川は、その横顔に向って、

「もう一人、三木明さんも、犯人が、わかったと見えて、犯人を追いつめて行きました。彼も、そのために、犯人に、消されましたよ」

「警部さん」

「何ですか」

「あなたは、私に、何をおっしゃりたいんですか？」

湯川の表情が、険しくなっていた。

「あなたは、なぜ、次々に、メンバーの人たちが殺されたのか、その理由を、ご存知のはずですよ。多分、犯人にも、心当りがあるんだと思う」

と、十津川は、言った。

「私は、知りませんよ。なぜ、私に、そんなことが、わかるんですか？」

「あなたは、あのクラブの会員の中では、古い方だときいています。それに、亡くなった四人とは、親しかった。柴田さんや、三木さんが、殺人の動機を知り、犯人も、わかっていたのに、あなたに、わからないはずはないと思うのですよ。話してくれませんか？」

「私は、何も知りませんよ。今西さんたちが死んだのは、大変残念だし、悲しいことです。しかし、私とは関係は、ありません。何か、理由があって、死んだんでしょうが」

「殺されたんです」

十津川は、強い声で、いい直した。とたんに、湯川が、びくッとした顔になった。

「何が、怖いんですか？」

「何も、怖いものなんか、ありませんよ」

湯川は、むっとした顔で、十津川を、睨《にら》んだ。

「いや、あなたは、何かを、怖がっている」

2

「馬鹿なことは、いわんで下さい」

湯川は、むきになって、十津川に、抗議した。

「奥さんとは、うまくいっていますか？」

急に十津川が、話題を変えた。

「そんなことを、あなたに、答える必要はないでしょう」

「湯川さんは、この工房の中で、寝泊りされていると、うかがったことがあります
が」

「忙しい時は、いつでも、仕事場に、泊りますよ。それが、いけないんですか？」

「しかし、自宅は、この近くだと、ききましたが」

「だからといって、仕事に追われている時、いちいち、家に帰ることはないでしょう。第一、これは、私のプライバシイだ」

「なぜ、クラブ『泉』のメンバーに、なられたんですか？」

「いいクラブだと思ったからですよ。あのクラブは、ちゃんとした組織で、法に触れることをやってるわけじゃない。賭博《とばく》もやっていないし、いかがわしい行為だって、ありませんよ。健全なクラブですよ」

「そうですね。有名人が、集まって、酒を飲み、いろいろなことを、語り合うクラブでしたね」

「そうですよ。イギリスや、アメリカには、よくあるクラブです。日本は、若者の社交場は、沢山あるが、われわれのような中年の男が入れるような社交場は、ほとんどないんですよ。だから、ああしたクラブが、増えればいいと、思っていますよ」

「なぜ、女性の会員が、一人も、いないんですか？」

「女性は、素敵《すてき》ですがね。時には、女性のいないところで、男同士で、お喋りをしたいと思うことが、警部さんだって、おありだと思いますよ。男、特に、日本の男は、勝手なものでね。奥さんには、可愛い女を求めるんですよ。出しゃばらない、可愛い女をね。しかし、そういう可愛い女というのは、いざ、政治とか経済の話となると、まったく、わからない。ところが、男というのは、時には、そうした問題を、まじめくさって、話したくなるんです」

「つまり、そういう時に、クラブ『泉』へ行って、男同士の会話を、楽しむというわけですか」

「そうですよ。女抜きでね。外国には、よくあるんです。女性は入れない、男だけの会員制クラブとか、イギリスでいえば、パブみたいなものがね。それが、あのクラブ『泉』なんですよ。別に、悪いことじゃないでしょう。警部さんだって、歓迎しますよ」

湯川は、笑った。

彼のいうことが、十津川にも、よくわかったが、それが、なぜ、殺人にまで発展していったのか。

「時には、女性を交えず、男だけで、話をするのが楽しいというのは、わかりますよ」

と、十津川は、いった。

「それが、あのクラブの雰囲気ですよ」

「しかし、なぜ、四人も、殺されることに、つながったんでしょうね？　男同士だけで、リラックスするためのクラブなら、そのメンバーの間で、連続殺人が、起きるはずはないでしょう？」

十津川が、訊くと、湯川は、黙って、しばらく考えていた。

質問に対する答を探っているようには、見えなかった。多分、その答は、とっくに、この男には、わかっているのだ。湯川が、今、考えているのは、十津川に、どう答えたらいいかということなのだろう。

「私には、見当もつきませんね」

と、考えた末に、湯川が、いった。

「そういって、呆《とぼ》けているのが、一番、無難だと、思っているわけですか」

十津川のいい方は、自然に、皮肉になった。

湯川の顔が、蒼くなった。

「何がいいたいんですか？　あなたは」

「あなたには、わかっているはずですよ。あなたが、どうしても、呆けられるのなら、これから、奥さんのところへ行って、訊くことにします」

「家内に？」

「ええ。構わんでしょう？」

「なぜ、家内に訊くんですか？　家内は、何の関係もないでしょう？」

湯川は、急に、声を大きくした。

その反応の激しさに、十津川は、やっぱりと、思いながら、

「あなたが、協力して下さらないから、仕方がないでしょう」

「しかし、家内は、何も知りませんよ」

「それは、お会いしてから、判断させて貰いますよ。カメさん、行こうか」

十津川は、亀井を促して、歩き出した。

「待ってくれ！」

と、湯川が、叫んだ。

まるで、悲鳴のように、きこえた。

十津川は、足を止め、振り向いて、湯川を見た。

「話してくれますか？」

「いいですよ。話しますよ」

と、湯川は、肯いてから、

「警部さんは、だいたいの想像が、ついているんでしょう?」

「想像はしていますよ。しかし、クラブ『泉』の会員の方から、直接、訊きたかったんです」

「何を訊きたいのか、いって下さい」

覚悟を決めた顔で、湯川が、いった。

「あなたは、なぜ、今度の事件が起きたか、わかっているんでしょう。それを、話してくれませんか。その方が、私がいろいろ、訊くよりも、はっきりわかって、いいと思います」

と、十津川は、いった。

湯川は、もう、あれこれ文句をいわなかった。ただ、屋上では、話しにくいといい、社長室へ、十津川と、亀井を、連れて行った。

部屋の隅に、簡易ベッドが置かれているのは、ここで、寝泊りしているためだろう。

「コーヒーでも、いれましょう」

湯川は、パーコレーターを取り出して、コーヒーの支度《したく》を始めた。

十津川は、黙って、見守っていた。湯川は、そうした儀式をしながら、話す準備をしているのだろうと、思ったからである。

湯川は、慣れた手つきで、室内に、漂い始めた。

コーヒーのいい香りが、室内に、漂い始めた。


湯川は、慣れた手つきで、十津川と亀井に、コーヒーをいれ、自分のカップにも、注いでから、

「どこから、話を始めたらいいですかね」

「どこでもいいですよ。あなたが、話しやすいところからで」

十津川は、微笑した。

「私の家内は、可愛い女です」

湯川は、そんなことから、話を始めた。

亀井は、何を話すのかという顔で、湯川を見ている。

十津川は、黙って、湯川のいれてくれたコーヒーを、口に運んだ。

十津川は、湯川が、何を話す気でいるのか、大体の想像がついていた。ただ、実際に、それを、確認したかったのだ。

湯川は、コーヒーを前に置き、愛用のパイプを、手に持った。

「こうすると、落ち着くんですよ」

と、湯川は、十津川に、いってから、

「家内は、私の仕事には、まったく口を出さないし、家事と、育児に専念するという女ですよ」

「いい奥さんじゃありませんか」

と、亀井が、いった。

「そうですね。よく、西洋館に住んで、中国料理を食べて、日本の女と結婚するのが、一番幸福だといわれるでしょう。多分、戦前、アメリカか、ヨーロッパの人が、いった言葉だと思います。私の家内は、恐らく、そこにいわれている日本の女だと思いますね。夫に従順で、家庭的な女ということでね」

「それが、不満なんですか？」

と、亀井が、訊いた。

「戦前、外国人が、今いったような言葉で、日本女性を賞《ほ》めている一方で、こんな言葉も、同じ外国人が、いっているんです。こちらの方は、有名なアメリカの政治家だったんじゃないかな。日本の女は、確かに、従順ではあるが、五分も一緒にいたら、退屈で、死んでしまう。彼女たちは、まるで、豚みたいなもので、政治の話もできなければ、経済、哲学の話もできないのですよ。私の家内も、確かに、従順で、家庭的ですが、男というのは、時には、まじめに、政治を語りたいし、社会問題を、話題にしたいわけです。そんな時、家内は、まったく駄目なんですよ。自分の意見というものが、ありませんからね」

「わかりますよ」

と、十津川は、いった。

「別に、これは、家内の罪じゃありません。いい女というのは、そういうものだと、いわれて、育ってきたからです。ただ、私は、物足りなかった。酔っ払って、女をからかうのも、もちろん、楽しいですよ。そんなことをしたい時には、バーか、クラブへ行けばいい。からかって楽しめる女は、そういう店に、いくらでもいますからね。だが、時には、真剣に、政治や、文学や、時には宗教について、話したいと思うことがある。警部さんだって、そうでしょう？　しかし、そういう時には、バーや、クラブは、何の役にも立たない。ホステス相手に、そんな話をしたら、嫌がられてしまうし、第一、相手は、その知識がないんだから、仕方ない」

「それで、あのクラブに、行ったんですね？」

「そうです。あのクラブには、各界の一流人が、入っていますからね。男同士の話が、楽しいんです。私と同じように、家族と、真面目《まじめ》な話ができなくて、欲求不満になって、あのクラブへ来ている人が、多いですからね」

「しかし、独身の男性も、会員に、多いですね」

3

「そうです。三十代の独身の男性も、いますよ」

「彼等は、なぜ、あのクラブに入ったんですか？」

「自分の周《まわ》りの若い女性たちに、失望したからでしょうね。今、いったように、日本女性の典型と、昔いわれた、従順で可愛い女は、一面で、大人の話ができない退屈な女です。最近は、その従順さや、家庭的なところさえ、なくなってきています。今の若い女性たちは、逞《たくま》しくなってきましたからね。それは、それでいいんですが、それなら、男と、話し合える知識を身につけてきたかといえば、そうではない。政治には、無関心、哲学や宗教などは、馬鹿馬鹿しいという女が多いんです。そうなると、自分にたのむところのある男は、そんな女性たちには、近づかなくなってきます。政治や、社会問題について、真剣に話し合えないし、かといって、昔のように、従順で、可愛らしくもない女性たちですからね。だから、結婚せずに、適当に遊ぶという男が、多くなっています」

「そういう話は、よく、ききますね」

「三十代から四十代で、金があって、結婚はせずに、適当に遊ぶという男性ですね。ただ、それだけでは、あき足りない男がいるわけです。時には真剣な議論をしたいという男です。今の政治に対して、危機感を持っているとします。つき合っている女友だちに話してみる。一見、翔《と》んでる女に思えたのだが、そういう話題には、まったく関心がなかったりして、失望してしまう。そこで、あのクラブに入って来るという人もいるわけです。独身の男性には、多いんですよ、あのクラブに入って来て、それまでの欲求不満が、解消されるんですよ。男が集まると、女の話ばかりというのは、嘘ですよ。観念的な話題でも、一日中、話し合えるんです」

「わかりますよ」

と、十津川は、肯いた。

湯川は、ほっとした顔になって、

「わかっていただいて、このあとが、話しやすくなります」

「しかし、わかりませんね」

亀井が、首をかしげた。

「どこが、わからないんですか？」

「そんな立派な目的で、集まってきた男たちなら、なぜ、連続殺人が、起きたんですか？」

亀井は、当然の疑問を、口にした。

湯川は、暗い表情になって、

「おっしゃるように、素敵な目的で、男たちが、集まっているグループです。それに、今もいいグループですよ。立派な男たちばかりですからね。ただ、予期しないことも、起きてくるんです」

「どんなことですか」

「今、いったように、素晴らしい男たちなんです。死んだ今西さんにしても、ただの宝石商じゃありません。よく、本を読んでいて、クラシック音楽にも、精通していましたね。誠実で、優しい心の持ち主でもありましたよ。岸本さんも同じです。ただ単なるスーパーのオーナーじゃありません。外国にもよく行っていて、世界情勢についても、精通していましてね。そうなると、会員同士の間に、尊敬の念が生れてくるんです。尊敬の念そのものは、悪くないと思いますが、しかし、それが、いつの間にか、会員同士の間に、ぎくしゃくした感情を育ててしまったんです」

「それは、愛の感情というわけですか?」

亀井が、無遠慮ないい方をした。

湯川は、眉をひそめて、

「そんな単純なものじゃありませんよ」

「じゃあ、どういう感情なんですか?」

「尊敬です。例えば、若い三木君なんかは最初、今西さんを、自分がゴルフを教えている実業家としか、見ていなかったんです。ところが、クラブに入って、真面目に、いろいろな問題について、今西さんと、話し合っているうちに、今西さんの博識ぶりや、考え方に、すっかり参ってしまったんですよ。尊敬です。純粋な尊敬の念だったと思いますよ。今西さんだって、三木君の尊敬を、一身に受けて、悪い気はしなかったと思いますね。二人とも、旅行好きなので、二人で、旅行に出かけることも多くなってきました。それを、ほほえましく見ている会員もいれば、苦々《にがにが》しく見ている人もいましたよ」

「なるほど」

「私なんかは、ほほえましく、思っていましたね。三木君は、まるで、生徒のように、今西さんの話すことを、きいていましたからね。身体が、大きいので、なおさら、ほほえましく見えたのかも知れません。ところが、あの二人が、友人以上の関係だという噂が、流れるようになったんです。事務局長の大石さんは、一番心配していましたね。男だけのクラブで、そうした関係の生まれるクラブだといわれるのは、経営として、歓迎しなかったんですかね」

「それで、どうなったんですか？」

と、十津川が、訊く。

「噂の出所は、すぐわかりましたよ。杉森さんでした。彼自身、それを認めましたよ。しかし、杉森さんは、こういったんです。自分は、人一倍、潔癖症《けっぺきしょう》なので、そんなふうに思われるほどの二人の関係は許せないと思いながら、警告の意味で、噂を流したんだと」

「違うんですね？」

と、十津川が、訊いた。

「ええ。私たち七人の仲間の間でですが、杉森さんが、今西さんを尊敬し、彼の生き方に憧れていたことは、みんな知っていたんです」

「すると、杉森さんの嫉妬《しっと》ですか？」

「そうなりますね」

「しかし、今西さんは、そんなに素晴らしい人でしたかね。われわれが調べた限りでは、ケチで、女好きで、後妻の若い女にめろめろになっているときましたがね」

亀井が、首をかしげて、湯川に、訊いた。

湯川は、笑った。

「若い後妻に、めろめろだったら、男同士で、旅行に行ったりしますか。今西さんは、とにかく、美しいものが好きな人だったんです。商売の宝石も、美しいから好きだったし、後妻の女も、そうです。ただ、そうした美しいものに、束縛《そくばく》されるのは、嫌いでしたよ。だから、ふらっと、旅に出たり、クラブ『泉』の会員になったりしていたんです」

「そういえば、あの若い奥さんは、夫の死を、あまり悲しんでいませんでしたね」

「彼女には、何でも買ってやるが、しかし、私は、彼女からは、自由でいたいし、その通りに、生きているつもりだと、今西さんは、いっていましたね。男なら、そういう生き方をしたいんじゃありませんか」

「三木明さんが、今西さんに憧れた。そして、杉森さんも、今西さんに、憧れていた。それは、わかりました。すると、杉森さんは、二人に嫉妬していたわけですか?」

十津川が、訊く。

湯川は、「うーん」と、考えていたが、

「さっき、そちらの刑事さんが、愛じゃないかといわれましたね。私は、違うといいました。しかし、男同士の間で、尊敬や、憧れが高まると、一方で、嫉妬心が生れてくれば、愛に近い感情には、なってくると思うのです。自分は、潔癖症だといった杉森さんが、逆に、一番、愛のような感情を抱いていたんじゃないかと思うのです。それで、ごたごたが起きるようになってきたんです。岸本さんが、見かねて、杉森さんに、注意したんです。三木君が、今西さんに憧れて、今西さんと一緒に旅行したりしても、構わないじゃないか。黙って、見守ってやりなさいとね」

「杉森さんは、その時、どうしたんですか？」

「わかったと肯いてくれたと、岸本さんは、いっていましたがね」

「しかし、今度の事件が起きた」

「そうです」

「あなたも、誰が犯人で、なぜ、岸本さんや、今西さんが殺されたか、すぐ、わかったんじゃありませんか」

十津川が訊くと、湯川は、

「推測は、つきました。しかし、警察が調べていることだし、下手をすれば、大事なクラブの名誉に、傷がつく。そう思って、じっと見守っていたんです。私たちにとって、大事なクラブですからね」

「しかし、柴田さんは、自分で、犯人を捕えようとした」

「ええ。彼は、正義感が強かったし、杉森さんを嫌っていましたからね。杉森さんを問い詰め、自首させようとしたんだと思います。逆に、殺されてしまいましたがね」

「なぜ、警察に話してくれなかったんですか?」

亀井が、強い口調で、湯川に、いった。

湯川は、一瞬、視線をそらせてしまったが、すぐ、強い眼で、亀井を見返した。

「うまく説明できないと思ったからですよ。下手に喋れば、誤解されてしまう。現に、あなたは、愛だと決めつけたじゃありませんか。私が、一番、心配だったのは、あのクラブのメンバーが、そうした集団だと、誤解されることだったんです。私一人の問題じゃなくなりますから。だから、警察に、話をしたくなかったんです」

「今、杉森さんが、どこにいるか、知りませんか?」

十津川が、訊いた。

湯川は、亀井から、十津川に、視線を移した。

「やっぱり、彼が、今西さんたちを、殺《や》ったんですか？」

「多分ね。杉森さんの居所を、知りませんか？」

「知りません。まったく、連絡もありませんしね」

「行きそうな場所は、どこですか？」

「彼の店には、いないんですか？」

「いませんね。自宅にもです」

「それでは、私にも、わかりませんね」

「杉森さんは、あのクラブが、好きだったんでしょう？」

「ええ。三木君が入ってくるまでは、いいメンバーでしたよ」

「それなら、あなたに、連絡してくる可能性が、大きいですね。その時は、知らせて下さい」

4

湯川の工房を出ると、十津川と、亀井は、しばらく、山手線《やまのて》の線路沿いに、歩いた。

「警部は、だいたいのことは、わかっておられたんですね」

亀井は、歩きながら、いった。

「カメさんだって、見当は、ついていたんだろう？」

「ぼんやりとは、感じていました。男同士で、旅行し、温泉に泊り、しかも、殺された男の奥さんは、悲しみの色を、見せませんでしたからね。それに被害者は、いずれも、男だけが会員のクラブに入っていた。何か、奇妙だなとは思っていたんです」

「私が、最初に、奇妙だと思ったのは、岸本と、今西が泊った大湯温泉の件だよ。二人は、芸者を呼んだが、彼女たちは、ずっと、手持ちぶさただったと、われわれに、証言した」

「そうでしたね。なぜ、呼ばれたのか、わからなかったと、いっていましたね」

「男同士で温泉に行って、芸者を呼ぶというのは、不思議ではないし、当り前すぎることだよ。だが、それは、楽しむために、呼ぶんだ。土地の話をきいてもいいし、あわよくばという気持があったって、おかしくはない。ところが、今西と岸本は、芸者を呼んでおいて、自分たちの話に、熱中していたというからね」

「それなら、なぜ、芸者を呼んだんでしょうね」

「湯川が、いってたじゃないか。一番困ることは、立派なクラブなのに、そうした集まりと思われることだとね。カメさんが、愛といった時も、彼は、顔色を変えていた。今西と岸本も、そのことに、神経質になっていたと思うね。だから、必要もないのに、大湯温泉で、芸者を呼んだんだ。普通の男同士なら、一緒に温泉に泊っても、どうということもない。だが、あの二人は、違っていた。今西は三木のことでも噂が流れていたからね。だから、勝手に、神経質になって、芸者を呼んだんだと思うね」

「しかし、自分たちで話す方が、おもしろかったということですか」

「その通りだよ」

「もう一つ、警部は、鶴ケ城の石垣から、濠を見下ろしていた三木明の様子を、気にしておられましたね」

「ああ、タクシーの運転手が、自殺するのではないかと、心配したと、いっていたからだ。あそこは、今西が、墜落死したところだ。運転手のいうことをきいていると、まるで、死んだ恋人のことを悼《いた》んでいるように思えたんだ。しかし、死んだのは、今西浩という男だ」

「それで、あるいは、二人は、愛人のような関係ではないかと、考えられたわけですか？」

亀井に、きかれて、十津川は、首を横に振った。

「あの際、私の頭に閃《ひらめ》いたのは、愛という言葉ではなくて、殉死《じゅんし》という言葉だったんだ。殿様が死んで、その後を追って、殉死しようとしている若侍みたいな感じだったんだよ」

「しかし、そうした感情も、愛というんじゃありませんか」

「あるいはね。しかし、三木には、春日みゆきという婚約者がいたんだ」

「そうですよ。そこが、よくわかりませんね」

「三木は、自分の気持が、今西浩に傾斜していくのが、怖かったんだ。ひょっとすると、自分には、そうした性癖もあるのではないかと、思ったんだろう。そんな自分の気持を、婚約者の春日みゆきを愛することで、食い止めようとしたんだと思うね」

「しかし、結局、駄目だったわけですね」

「彼女にとっても、残酷だったと思うよ」

しばらく、二人の間で、沈黙が、続いた。

「杉森が、犯人としてですが」

と、亀井が、また、話し出した。

「うん」

「岸本は、どうやって、殺したんでしょうか？　杉森は、岸本、今西の二人と一緒に、あの日、急行『奥只見』に乗っていたことはわかっています。二人に気づかれないように、隣りの車両に、乗っていたわけですが。岸本が、入広瀬で降りた時、杉森も、一緒に降りたんでしょうか？」

「もちろんだよ。一緒に降りて、殺したんだ。しかし、ホームには降りなかった。只見線は単線だからね。それに、急行だから、窓は大きく開く。入広瀬に着いて、岸本が、ホームに降りている間に、杉森は、反対側の窓から、抜け出したんだ。乗客は少ないし、ホームの周囲に、人家は、まばらだからね」

「そして、岸本を、絞殺したわけですね」

「そうだよ」

「入広瀬で、岸本を殺してから、杉森は、急行『奥只見』を、追いかけたと思われますか？」

「追いかけて、途中で、また、乗り込んだんだと思うね」

「しかし、警部。岸本の死体が発見された場所は、入広瀬の駅から、かなり離れています。あそこまで、歩くだけでも、時間がかかって、急行『奥只見』に、追いつけないんじゃないかと、思うんですが」

「駅から離れていたかね？」

「ええ。歩いて三十分は、かかる場所でした。道路からも離れています。あそこまで歩いてから殺し、そのあと、急行『奥只見』を追いかけるのは、大変ですよ。車を、どこかに、用意しておいたとしてもです」

「そりゃあ、参ったね」

「次の列車で、杉森は、会津若松へ行ったとは、考えられませんか？　今西が、鶴ケ城で、石垣の上から、突き落とされたと思われる時刻は、午後七時から八時ですから、ゆっくり間に合いますよ」

「修学旅行の子供の証言を忘れたのかい？　子供たちは、あの日、急行『奥只見』の中で、杉森を見ているんだよ。入広瀬に着く前に、子供たちは、杉森に、例のラムネ菓子をあげたといっている。そして、会津若松に着く十五、六分前には、杉森が、お礼だといって、チョコレートを、その子供たちに、やっているんだ」

「そうでしたね。忘れていました」

と、亀井は、頭をかいた。

「それに、今西は、会津若松で降りたあと、すぐ、満田屋へ行って、名物の田楽を食べた」

「ええ」

「そこへ、多分、電話が、かかってきたんだ。その電話は、犯人の杉森からだったと、私は思うね。犯人は、その電話で、夕方、鶴ケ城へ来るように、今西にいったんだよ。もちろん、杉森と、名乗ったと思う。今西は、困ったなとは思ったろうが、また、変な噂を立てられては嫌だと思い、承知したんだろう」

「すると、杉森は、会津若松でも、今西のあとをつけ、彼が、満田屋へ入ったのを見届けてから、電話したということになりますね」

「そうだ。だから、杉森は、入広瀬で、岸本を殺したあと、急行『奥只見』に、もう一度乗ったに違いないんだよ」

「しかし、追いつくのは、難しいと思いますが」

と、亀井は、いってから、

「急行『奥只見』には、三木も乗っていたと、杉森は、いっていましたね。帽子をかぶり、サングラスをかけ、つけひげをした恰好で、同じ3号車に乗っていたと」

「あのことね」

「三木は、なぜ、あんな変装をして、同じ、『奥只見』に乗っていたんでしょうか?」

「あれは、杉森の作り話さ。三木は、多分、会津若松の近くでも、行っていたと思うね。今西と一緒の『奥只見』に乗っていたんなら、同じ車両に乗っていたさ」

「しかし、車掌は、その人物が、3号車に、乗っていたと、証言していましたよ。帽子をかぶり、サングラスをかけ、ひげを生やした男がです」

「ああ、車掌が、証言したのは、知っているよ」

「それを、どう解釈されますか?」

「そういう人物が、『奥只見』の3号車に乗っていたのは、事実だと思うよ。しかし、それが、三木かどうか、わからないじゃないか。あれは、こういうことなんだと思うね。杉森は、われわれに、詰問《きつもん》されて、どう、いい逃れようかと、考えたんだろう。その時、同じ車両に、帽子をかぶり、サングラスをかけ、ひげを生やした男の乗客がいたのを思い出したんだな。それで、その乗客を、三木の変装ということにして、彼を、犯人に仕立て上げようとしたんだ。そういう目立つ男なら、車掌だって、覚えているだろうと、計算したのさ。彼の思惑《おもわく》は、まんまと、当ったわけだよ」

「あの野郎!」

亀井は、舌打ちした。

「まあ、怒りなさんな。犯人は、わかったし、動機も、はっきりしたんだ。あとは、杉森を見つけ出すだけだ」

「杉森は、どこにいると思われますか?」

「東山温泉の近くにいるか、あるいは、東京に戻って来ていると、思うね。一番怖いのは、杉森が自殺してしまうことだよ」

「その可能性も考えられますか？」

「杉森の犯行の動機は、男の嫉妬だ。だから、その対象を、殺してしまったあとは、胸に大きな穴があいたような気分になって、自殺の道を選ばないとも限らない。クラブ『泉』としては、そうしてくれることを、願っているだろうがね」

「三木は、大内宿で、殺されていましたが、あれは、今から考えると、殉死したように、思えますね。体格から、いっても、三木明の方が、杉森より強いだろうと思うのです。それが、あんなに簡単に殺されてしまったというのは、どう考えても不自然ですよ。三木は、鶴ケ城の石垣の上で、まるで、自殺するような眼で、水面を見つめていたといいます。彼は、死ぬ気で、会津若松へ行ったような気がするんです。とすると、やっぱり、殉死という言葉が、浮かんで来ますね」

「春日みゆきさんの愛情をもってしても、三木の気持を、引き止められなかったということだね」

「今西浩が、殺されてしまったのは、自分の責任だと、三木は、思いつめていたのかも知れませんね」

と、亀井はいってから、

「それにしても、今西浩という男は、男から見て、そんなに魅力があるとは、知りませんでしたね。われわれが調べた限りでは、あまりいい評判は、きけませんでしたからね。ケチで、自分勝手で、女にだらしがないんですからね」

「それで、われわれは、欺《だま》されてしまったんだ。しかし、よく事件を見ていれば、今西が、繊細《せんさい》で、優しい心の持ち主だということが、わかったと思うんだよ」

「どんなところでですか？」

「例のラムネ菓子さ。急行『奥只見』の車内で、子供から、偶然、貰ったお菓子だ。しかも、十円のね。それに、大人が食べて美味いものでもない。普通なら、ありがとうといって、受け取るが、列車を降りる時は、床か、座席に、捨てていってしまうよ。それを、今西は、ボストンバッグの底に、大切にしまっていた。それだけの優しさを持っていた男だったんだよ。だから、ケチだとか、何とかという悪評は、今西が、外に対して、偽悪《ぎあく》ぶっていたんじゃないかと、私は、思っているんだ。そういう男が、いるものだし、そういう男は、人一倍、心の優しい人間であることが多い。その優しさが、三木を、引きつけたんじゃないかね」

「そういえば、入広瀬で殺された岸本も、背広のポケットに、子供たちから貰ったラムネ菓子を、ちゃんと入れていましたね。捨てないで」
「今西と、岸本だけじゃない。犯人の杉森も、子供たちから、ラムネ菓子を貰ってい
る。きっと、捨てないで、大切に、持っていたと思うね」
十津川は、確信を持って、いった。
「そうでしょうか？」
亀井は、疑わしげだった。五人も、大の男を殺した犯人である。修学旅行の子供か
ら貰ったラムネ菓子を、大切に、持っているだろうかという顔だった。
「子供たちに、終着の会津若松近くになって、お返しにチョコレートをやったのだっ
て、自分が、急行『奥只見』に、ずっと乗っていたことを、印象づけるためで、子供
たちが、可愛かったためとは、思えませんね」
と、亀井は、いった。
「それは、そうさ。あれは、明らかに、アリバイ作りだと思うよ。あの日、ずっと、
『奥只見』に乗っていたとすれば、入広瀬で、岸本は、殺せないからね」
「子供を、アリバイ作りに利用する男が、子供に貰ったラムネ菓子を、大切に持って
いるとは、思えませんね」
「いや、そんなことはないよ。殺人犯だからといって、がさつな男とは限らない。繊

細な神経の持ち主だから、逆に、怒りが内向して、殺人に走ったということも、考えられるんじゃないかね。私は、こんな風に、考えているんだ。クラブ『泉』に集まっている男たちは、今どきにしては、神経の細《こま》かい人間なんじゃないかとね。現代の若い女性の荒っぽい神経に我慢できなくて、あのクラブに集まって来た連中じゃないかと思っているんだよ。だから、もともと、神経の細かい男たちだと思っている。もちろん、この女性観は、男たちの被害妄想ということもあるだろうがね」

「今日は、何かおかしいですよ、警部は」

「日頃、女性たちの力が強くなったことで、当惑している男たちが、これからも、あいうクラブに入っていくだろうと思ってね。男たちだけのクラブさ。どんどん、増えていくと思うよ。ああいうクラブは」

「哀れな男たちの避難場所というわけですか？」

「疲れた男たちといった方がいいんじゃないかね」

「なんだか、警部も、ああいうクラブに入りたがっているように見えますよ」

亀井が、笑った。

「今は、幸い、うちの家内は、優しいし、彼女と話をするのが楽しいから、ああいうクラブに入る必要はないがね。将来どうなるかは、私にも、わからないさ」

「さしあたっては、杉森の行方ですが、見つけても、入広瀬村の岸本殺しについて、アリバイが成立していると、この件では、逮捕できませんね」

「入広瀬の駅から、現場までの距離か」

「そうです。杉森が、前もって、車を用意しておいたとしても、現場からでは、『奥只見』に、追いつくには、時間が、かかり過ぎると、思うのです」

「もう一度、現場付近の地図を見てみよう」

十津川と、亀井は、捜査本部に戻ると、奥只見の地図を持ち出して、広げてみた。

岸本の死体が発見された場所には、印がつけてある。

亀井のいう通り、そこは、国道から遠く入広瀬の駅からも、離れていた。入広瀬駅からなら、歩いて、優に三十分はあるだろう。

杉森は、岸本を、三十分間、つけて行き、現場で、背後から首を絞めて殺したのだろうか。

「杉森は、岸本が、入広瀬へ行くのは、知っていたと思う。前日、大和町で、岸本、今西の二人に、会ったと思われるからだよ。その時、杉森は、車に乗っていたと思う。それも、タクシーではない。レンタカーか、盗難車だろう。とすると、杉森は、岸本や、今西と一緒に、急行『奥只見』に乗り、まず、入広瀬で、岸本を殺し、次に会津若松で、今西を殺す計画を、立てたと思うね。入広瀬駅の近くに、前もって、車を駐《と》めておく。これは、前日の夜にでも、持って行ったんだろうと思うね」

「そうしておいてから、翌日、急行『奥只見』に乗り込み、入広瀬では、窓から降りて、岸本に追いつき、殺したんでしょうね。しかし、なぜ、あんな離れた場所まで、つけて行ったんでしょうね。駅から現場までの間、人家が多くて、人目があるからとも思えません。人家は、まばらです。それなのに、わざわざ、三十分間もつけて殺すというのは、どうにも、不可解です」

「三十分なんか、つけなかったんだよ」

「しかし……」

「地図を、よく見てみたまえ。入広瀬の駅の近くを川が流れている。死体が発見されたのは、この川の下流だ。雪溶けで、水量が増えていたから、かなりの速さで、死体は、流れる。それを見込んで、杉森は、駅の近くで、岸本を殺し、川に投げ込んだんだ。死体は、豊富な水量で流れて行き、現場に漂着した。どこに流れつくかまでは、杉森には、計算できなかったろうと思うね。それでも、良かったんだと思う。とにかく、入広瀬駅から、遠くまで流れてしまえば、良かったんだ」

「すると、杉森は、やはり、入広瀬駅の近くに、あらかじめ、車を駐めておいたことになりますね」

「そうだ。多分、駅の近くの国道の脇にでも、駐めておいたんだと思う。駅の近くで、岸本を殺し、川に投げ込んでから、車で、急行『奥只見』を、追いかけたんだ。岸本の死体が、どこまで流れるかなど、気にしていなかったんじゃないかね。急行『奥只見』の方は、次の大白川駅で、上り下りのすれ違いのために、長い時間停車するから、多分、大白川で、追いついたと思うね。ここで、また、『奥只見』に乗り込んだか、その先の田子倉（二〇一三年廃止）で乗り込んだかはわからない。いずれにしろ、改札口を通らなくても、窓からでも乗り込めるし、無人駅なら、誰にも見られずに、再び、『奥只見』の乗客になれたはずだ」

「チョコレートは、どこで買ったんでしょうか？」

「ああ、子供に、お礼にといって渡したチョコレートか」

「杉森が最初から持っていたとは思えません」

「それなら、車で、急行『奥只見』を追いかけている途中、道路沿いの菓子店で、買ったんだろう。新潟県警と、福島県警に、只見線の道路を調べて貰ったら、何か見つかるかも知れないな」

十津川は、すぐ、二つの県警に、連絡をとった。

翌日になって、その結果が、報告されてきた。

大白川と、田子倉の間の道路沿いの小さな店で、五月十三日の午前中に、杉森と思われる男が、立ち寄って、M製菓の板チョコを二枚買ったという報告だった。

福島側である。

県警の小林刑事が、報告してくれた。

「六十過ぎの婆《ばあ》さんが、一人で店番している駄菓子屋でしてね。この婆さんが、かくしゃくとしているので助かりました。男は、サングラスをかけていたそうですが、杉森の写真を見せたら、間違いないと、いいました」

「ほかに、何か証言はありませんでしたか？」

と電話を受けた亀井が、きいた。

「訛《なま》りがなかったから、土地の人間じゃなかったといっています」

「時間は、どうですか？」

「今も申し上げた通り、しっかりした婆さんでしてね。ちゃんと、覚えていましたよ。午前九時四〇分頃だそうです。白黒のテレビを店に置いて、それを見ながら、店番をするのが楽しみだそうで、何とかいう番組を見ていたから、九時四〇分頃だったと、いっています。この証言は、信用していいと思いますね」

と、小林刑事は、自信ありげな調子で、いった。

九時四〇分なら、ぴったりすると、亀井も、十津川も、思った。

急行「奥只見」は、九時二九分に、大白川を出発し、次の田子倉発は九時五〇分である。

ということは、杉森は、大白川では乗らず、田子倉より先で、もう一度、「奥只見」に乗り込んだことになる。

大白川で、乗らなかったのは、ここでは、追いつけなかったということではなくて、大白川が、大きな駅で、ホームに駅員がいたからだろう。それに、大白川で、上り下りがすれ違うために、ホームに停車している間、車掌は、ホームにいるし、乗客の中にも、ホームに降りている客がいるから、その視線を避けたのだろう。

「その婆さんは、男の乗って来た車を見ていないんですか？」

と、亀井がきいた。

「見ています。白い車だったそうです。ただ、婆さんは、車にくわしくないので、車の名前も、年式も、まったくわかりません」

「それで、十分です」

と、亀井はいった。

第八章　幕は下りたか

1

十津川と亀井は、もう一人の会員、中野義司にも、会ってみることにした。

中野が、新宿に出している中華料理店の社長室でだった。テーブルが、五十卓近い大きな店である。

社長室も、棚に、中国の高価な彫刻を並べてあった。恐らく、一つでも、何十万もする高価な美術品だろう。

「われわれは、杉森光治を探しています」

と、十津川は、あっさりと、切り出した。

「そうですか」

と、中野は、いっただけだった。

「連続殺人事件の参考人として、いろいろと、訊きたいことがありましてね」

「警察は、彼が、犯人だと思っているわけですか？」

「断定はしていませんよ。だから、あくまでも、参考人として、話を訊きたいわけです」

「私が、彼の居所を、知っていると、お考えなんですか？」

中野は、落ち着いた声で、訊いた。

「杉森は、失踪しています。店にも、顔を出していない。自宅にもです。多分、われわれに追われていることを知って、逃げているんだと思いますね」

「それで、私に、何をしろというんですか？」

「杉森は、誰かに、頼りたいと思っているに違いありません。その相手は、グラフィックデザイナーの湯川さんか、あなた以外には、ないと思っています。従って、必ず、あなたか、湯川さんに、連絡してくると思うのです。ひょっとすると、すでに、連絡があったんじゃありませんか？」

十津川が、相手の顔を見つめると、中野は、肩をすくめて、

「私のところには、まったく、連絡がありません」

「それでは、もし、連絡があったら、すぐ、われわれに、知らせてくれませんか。われわれは、もし、杉森にいいたいことがあれば、十分に、きく用意があるということを、彼に、いって欲しいですね」

「わかりました。もし、彼から連絡があったら、警部さんの真意を伝え、警部さんにも、すぐ、連絡します」

「約束してくれますね？」

「ええ。私も、一人の市民ですからね。市民としての義務は、守るつもりです」

中野は、殊勝《しゆしよう》な顔で、いった。

十津川は、もう一度、念を押してから、亀井を促して、中野と、別れた。

外に出たところで、亀井は、十津川に向って、

「警部は、あの男を、信用されたんですか？」

「なぜだい？」

「正直にいって、私は、信用できませんね。杉森から連絡があっても、あの男は、警察に、黙っていると思いますね」

「犯人を、かばうというのかい？」

「そうです。何といっても、仲間ですからね。それに、あのクラブの連中は、警察

が、嫌いみたいですよ。いや、馬鹿にしていると、いってもいい」

「私は、カメさんほど、悲観的じゃないんだがね。それに、杉森を見つけるには、どうしても、中野や、湯川といった、彼の仲間の協力が、必要なんだ。追いつめられた杉森が、最後に、助けを求めるのは、クラブの人間、その中でも、自分たちのグループの人間だけと、思えるからね。とにかく、中野という男が、いっていた市民の義務感に、期待しようじゃないか」

十津川は、楽観的に、いった。

捜査本部に戻ると、十津川は、湯川に電話をかけた。

湯川のところにも、まだ、杉森から連絡はないという。

「もちろん、彼が、何かいって来たら、すぐ、そちらへ連絡します。私は、今度の犯罪に、巻き込まれたくありませんからね」

とも、湯川は、いった。

その言葉が、本心かどうかは、わからない。亀井は、嘘をついているという。十津川は、期待することにしていたのだが。

夜半になって、中野から、電話が、入った。

「警部さん。申しわけありません」

と、中野は、いきなり、いった。

2

「何が申しわけないんですか?」

「今日、警部さんが、見えて、杉森君のことを、話されましたね」

「彼から連絡があったんですか?」

勢い込んで、十津川が訊くと、中野は、

「実は、警部さんが見えた時、彼から、電話があったところだったんです。申しわけありません」

「なるほどね」

と、十津川は、肯いてから、

「杉森は、どこから、電話をかけて来たんですか?」

「はっきりした場所は、いわなかったんですが、自分が殺した人たちの傍を離れられないんだといっていましたね」

「すると、まだ、只見線の近くにいるということですか?」

「そう思います」

「そのほかに、何といっていました？」

「自殺したいと、いっていましたね」

「自殺？」

「そうです。どうして、あんなことになってしまったのか、わからない。自殺したいと」

「それで、あなたは、何と、いったんですか？」

「とにかく、会って、話したいと、いってやりました。そして、警察に自首するように、すすめようと思ったんです」

「なぜ、私が行った時に、話して、下さらなかったんですか？」

「話そうと、思ったんですが、怖かったんですよ。警察は、最初は、私だって、疑っていたんでしょう？　私も、湯川さんも、疑われても、仕方がない立場には、おりましたからね。だから、怖かったんですよ」

「気を変えて下さって、助かりました。杉森は、あなたへの電話の中で、ほかに、何をいいました？　どんなことでもいいんです。覚えていることを、全部、話してくれませんか」

「とにかく、覚えているのは、自殺したいと、くり返していたことなんですよ。だから、心配で、仕方がないんですが」

「杉森という人は、追いつめられると、自殺するような性格ですか？」

「そうですね。一見、強そうに見えますが、もろいところがありますから」

「何か、そんなエピソードがありますか？」

「は？」

「彼のもろい性格を示すエピソードがあったら、教えてくれませんか。こちらとしても、もし、彼が、自殺しやすい性格の人間なら、追及の方法を、考える必要がありますのでね」

「なるほど」

と、中野はいい、しばらく、考えているようだったが、

「こんな話がありました。彼は、ゴルフをやるんですよ。シングルプレイヤーで、抜群の上手さを持っています。それに、強気一点張りのゴルフでしてね。負けても、この次は、勝ってやるといったタイプなんです。ところで、去年の秋に、五人でチームを作って、K産業という会社と、チーム対抗の試合をやったことがあるんです」

「こちらの五人は、どんなメンバーなんですか？」

「うちでは、死んだ三木君が一番強いわけですが、彼はプロですから、除外しましてね。キャプテンを杉森君にして、あと、私、三田《みた》さん、米村《よねむら》さん、柏木《かしわぎ》さんの五人で、チームを組んだわけですよ。K産業の人と、二人ずつのマッチプレーをやり、先に、三勝すれば勝ちということになったわけです」

「ゲームの方法は、わかりました」

「いいゲームになりましてね。二対二になって、キャプテン同士の争いになったんです。杉森君の相手は、五十二歳のベテランでしてね。どう考えても、杉森君の方が、強いんです。事実、15ホールを終わったところで、杉森君が、2アップだから、もう、勝ったと思いました。残り3ホールですからね。ところが16ホールで、とんでもないOBを叩いて負け、17ホールで並ばれ、最後の18ホールでは、一メートルのパットを外して、逆転負けです。みんなは、遊びなんだから、気にするなといったんですが、杉森君は、沈み切ってしまいましてね。そのうちに、失踪してしまったんですよ。あとでわかったんですが、自殺したくなって、若い時に行った信州の山あいを彷《ほう》徨《こう》していたというのです。下手をすれば、その時、彼は、死んでいたかも知れないんですよ」

「わかりました。それで、杉森は、只見線沿線に、まだいるような口振りだったんですね？」

「そうです。続けて亡くなった人たちの霊みたいなものが、自分を呼んでいるという言い方をしていたので、余計に、心配なんです。ちょっと、神経が、参っているみたいですからね」

「こちらで、手配しましょう。われわれとしても、彼には、生きていて欲しいですからね」

「私はどうしたらいいですか？　私も、彼を探しに行きましょうか？」

「いや、あなたは、東京にいて下さい。また、杉森が、連絡してくるかも知れませんからね」

3

十津川は、すぐ、新潟と、福島の両県警に連絡をとった。

日下、西本といった若い刑事にも、翌朝早く、奥只見に向わせたが、十津川と、亀井は、東京にとどまった。

杉森が、また、中野なり、湯川に、連絡してくる可能性が、あったからである。

そのため、十津川は、時々、中野と湯川に連絡をとったが、その後、杉森から、電話はないということだった。

「もう、死んでしまっているんじゃありませんか」

亀井が、暗い予想を、口にした。

「そう思うかね？」

「彼は、五人の人間を、殺しているんです。まず、死刑は、まぬがれんでしょう。それを考えると、自殺の可能性が、強いと、思いますね」

「気の小さい男のようでもあるしね」

十津川は、中野の話してくれたゴルフのことを、思い出していた。

十津川は、どうしても、生きたまま、杉森を捕えたかった。

彼が、犯人であることは、まず、間違いないと思っているし、殺人の動機も、十津川が推理した通りだろう。それは、自信がある。

しかし、杉森から、告白を訊きたいという気持が、十津川にはある。それは、どんな事件の時でも、同じだった。本人の口から、動機を訊いて納得したいのだ。

突然、その杉森が、死んだという知らせが、福島県警から入った。

「間違いありませんか？」

十津川は、念を押した。

「間違いありません。そちらから手配のあった男ですし、署名入りの遺書も見つかりました」

「遺書があった？」

「そうです。五件の殺人事件を、告白しています。間違いなく、杉森ですよ。これで、事件は、終わりましたね。犯人を、逮捕できなかったのは、残念ですが」

福島県警の中根刑事課長が、いった。

「死体が発見された時の状況を、教えてくれませんか」

「只見線の沿線と、会津若松市内、東山温泉と、訊き込みをやっていったんですが、猪苗代湖近くの旅館に、よく似た男が、泊っているという情報がありましてね。それで、行ってみたんです。ところが、一歩、おくれました。男は、すでに、投身自殺してしまっていたんです。幸い、彼が泊っていた部屋で、遺書が、見つかりました。これから、それを、ファックスで、送りますよ」

「投身自殺は、間違いないんですか？」

「と、思っていますよ」

と、中根は、いった。

五分後に、ファックスの機械が鳴り、杉森の遺書が、送られてきた。

〈私は、杉森光治です。

個人的な感情から、五人もの人間を、次々に殺してしまった犯人です。

こんなことになるはずではなかったのです。最初の一人を殺したら、いつの間にか、次々に、殺さなければならなくなってしまったのです。

岸本さん、今西さん、川島さん、柴田さん、そして三木さん、本当に、申しわけないことをしてしまいました。

すべて、立派な方々です。

今西さんと、岸本さんの二人が、私の悪口をいいふらしていると勝手に思い込み、カッとして、私は、五月十三日に、二人を、殺してしまいました。二人が、只見線に乗るのを知って、同じ、急行「奥只見」に乗ったのです。まず、入広瀬で降りた岸本さんを、追いかけて、殺しました。無人駅なので、私は、窓からホームの反対側に降り、川岸で、追いついて、殺しました。死体は、すぐ、川に投げ込みました。死体が、入広瀬の駅から、離れた場所で、見つかって、欲しかったからです。そのあと、私は、前もって、国道沿いに駐めておいた車に乗って、急行「奥只見」を、追いかけました。

速度のおそい「奥只見」には、次の大白川駅で、楽に追いつきました。しかし、ここは、駅員がいたし、ホームに、車掌も降りていたので、次の田子倉で、乗り込むことにしました。途中、道路沿いの駄菓子屋で、チョコレートを買いました。車内で、私に、十円のラムネ菓子をくれた小学生への、お返しのためでした。とても可愛い女の子だったからです。もちろん、そうすることで、ずっと、急行「奥只見」に乗っていたという証拠にしたかったこともありますが、殺人の旅の重苦しさを、可愛い小学生の女の子に、チョコレートをあげることで、少しは、和《やわ》らげられるような気がしたからでもあります。

田子倉で、再び、急行「奥只見」に乗り込んだ私は、終点の会津若松で、降りました。今西さんは、まだ、私が、同じ会津若松に来たことは、知らないようでした。

私は、今西さんのあとをつけ、満田屋に入ったのを見届けてから、電話をかけたのです。びっくりしていましたが、午後六時に、鶴ケ城で、会うことを、約束してくれました。今西さんは、来てくれました。その今西さんを、私は、石垣の上から突き落として殺したのです。

国際大学の川島さんには、本来、何の恨みもありませんが、私が、今西さん、岸本さんと一緒のところを見られたために、殺さざるを得なくなってしまったのです。本当に申しわけなく思っています。

あと、柴田さんと、三木さんの二人も、最初の殺人を、隠そうとして、次々に、殺していかなければならなくなってしまったのです。一つの嘘を隠すために、次々に新しい嘘をつかなければならなくなるのと、同じなのです。大内宿で三木さんを殺したのは、前に行ったことがあって、人の来ない場所と知っていたからです。

結果的に、私は、五人もの人を殺してしまったのです。私などより、はるかに、立派な方ばかりです。

ここに来て、私は、死んでお詫《わ》びするより仕方がないと思うようになりました。もちろん、それでも、とうてい、償《つぐな》うことのできないことは、心得ています。

杉森光治〉

封筒の表には、「警察の方に」と、書かれていたという。

「とにかく、筆跡鑑定をしてみよう」

と、十津川は、亀井に、いった。

杉森から、友人などに出された手紙の筆跡と比べて、鑑定した結果、同一人のものという結果が、出た。

4

猪苗代湖で発見された死体は、福島医大で、解剖された。

死因は、溺死《できし》だった。

死亡推定時刻は、午後十時から十一時の間という。

夜、旅館を抜け出して、湖岸まで行き、ボートを一艘《そう》盗み出して、漕《こ》ぎ出し、投身自殺したのだろう。それが、福島県警の考えだった。

新聞も、事件が終わったことを、報じている。

「どう思うね？　カメさんは」

十津川は、新聞を見ている亀井に、きいた。

「福島県警は、事件の終結を、宣言するようですね」

「うちの刑事部長も、同じ考えだよ」

「警部は、そう思われんのですか？」

「どうも、彼の遺書の文句が、気になって、仕方がないんだよ」

十津川が、いうと、亀井は、変な顔をして、

「私は、別に、おかしいとは、思いませんでしたが」

「そうかね」

「筆跡も、杉森本人のものでしたし、落ち着いた書き方です。ふるえてもいません。従って、強制されて、書いたものでもないと思います。問題の内容ですが、どうやって、今西と、岸本を殺したか、くわしく書いてありますよ。車を使って、急行『奥只見』を、追いかけ、田子倉で、再び、乗り込んだことや、途中で、チョコレートを買ったことも、自供しています。殺した人数も、きちんと、書いているじゃありませんか。時々、殺した人数をごまかす人間がいますが、この遺書には、それが、ありません。警部は、どこが、おかしいと、思われるんですか？」

「殺した人数や、殺しの方法は、きちんと書いてあるのは、認めるんだがね。肝心《かんじん》の動機が、書いてない。『私の悪口をいいふらしていると、勝手に思い込んで』としか、書いてないんだよ。これは、明らかに、嘘だ。そんなことで、人は、殺せんよ。しかも、何人もの人間をだ」

「そうですが、やはり、書きたくなかったんじゃありませんか。男同士の嫉妬という

ようなことは、書きたくなかったと思いますよ」

「かも知れないがね。それにしても、死を覚悟して書いたんだろう。それらしいことを匂わせることは、するんじゃないだろうか?」

十津川は、あくまでも、拘《こだ》わりを見せた。

「しかし、警部。これは、杉森が書いたものに間違いないんですよ」

「だから、余計、引っかかるんだよ」

「と、いいますと?」

「死ぬ気で書いた遺書だとしたら、もっと、書きたいことが、あったと思うんだがね。杉森にだって、いいたいことがあったはずだよ。今西、岸本を、殺すには、それだけの理由があったと思う。それを、なぜ、書かなかったんだろう。『悪口をいっていると、思い込んで、カッとして』なんていうのは、嘘に決まっている。まるで、誰かにいわれて、嘘を書いているとしか思えないんだよ」

「すると、杉森の自殺も、怪しいと、いわれるんですか?」

「遺書が、気に入らないからね。ひょっとすると、誰かが、殺したのかも知れないな」

「殺すとすれば、同じ仲間の湯川か、中野だと、思いますが、この二人が、ずっと、東京にいたことは、確認されています」

「クラブ『泉』の名簿を、もう一度、見てみたいね」

十津川は、問題の名簿を持ち出して来て、眼を通していった。

亀井は、首をかしげて、

「あのグループ以外に、犯人がいると、思われるんですか？」

「いや、犯人を探しているわけじゃないんだ」

「じゃあ、何を？」

「どんな職業の人が、会員にいるかと思ってね」

「それなら、政治家から、運動選手まで、あらゆる職業の人間がいるんじゃありませんか」

「そうらしいね。それも、かなり重要な地位にいる人たちだね」

「そのことが、事件と、何か関係がありますか？」

「あるんじゃないかと、思っているんだ。外務省のお役人も、会員の中に、いるんだな」

「そうですね」

「航空会社の人間もいるね」

十津川が、いうと、亀井は、それが、事件と、どういう関係があるのかという顔で、十津川を見ている。

十津川は、なおも、名簿を見ていたが、小さく肯きながら、顔を上げた。

「やっぱり、これは作られた遺書だよ」

「この杉森の遺書がですか？」

亀井が、きいた。それと、クラブ「泉」のメンバーの職業と、どんな関係があるのかという顔をしていた。

「私はね。誰かが、杉森に、この遺書を、書かせたと思っている。遺書としては、不自然だからだよ。ただ、どうしたら、納得して、遺書を、書かせられるかと、考えてみたんだよ」

「金ですか？」

「最初は、それを考えたよ。だが、違うね。杉森は、金持ちだ。事業は、上手くいっていたようだし、店を処分すれば、千万単位の金は、手に入るからね。そんな杉森に、金をやるからといっても、都合のいい遺書は、書かせられないだろう」

「すると、どんなものをエサにして、書かせたんでしょうか？」

「杉森は、五人もの人間を殺した。捕まれば、重罪は、まぬがれない。だが、彼は、自殺せずに、逃げ廻っていた。今度の溺死が、仕組まれたものなら、彼は、何とかして、逃げようとしていたんじゃないかと思うんだ。そんな人間に向って、一番いいエサは、何だろう？」

「逃亡できるという保証ですね？」

「そうだよ、カメさん。保証だよ。多分、犯人は、その保証を、エサにして、杉森に、この遺書を、書かせたんだ」

「しかし、杉森は、そんな空手形《からてがた》を、どうして、簡単に信じて、遺書を、書いたんでしょうか？　普通なら、疑って、かかるんじゃありませんか？」

「それが、この会員名簿だよ。見たまえ、逃亡しようという犯人が、信頼できそうな人間が、揃ってるじゃないか」

「そういえば、そうですね。政府の高官、航空会社の役員、商事会社の人間、海外へ逃亡を考えている犯人にとっても、確かに、魅力のある人たちですね。彼等が、協力すれば、一人の人間を海外へ逃亡させることは、できそうですね。少なくとも、本人にそう思わせるだけのメンバーですね」

「そうなんだよ。このメンバーが、協力して、君を、自殺したことに、偽装して、海外へ逃亡させてくれるといえば、杉森は、信じたんじゃないかと思うんだよ。それと、引きかえに、遺書を書かされたんじゃないかね。犯人にとって、都合のいい遺書をだ。杉森はまったく、相手を疑わずに、この遺書を書いたんだと思う。筆跡に、まったく、迷いが見られないからね」

「それだけ、杉森は、相手を信じていたということになりますか？」

「まあ、そうだね」

「すると、やはり、犯人は、湯川か、中野ということになりますか？」

「あの二人ね」

「彼等にも、世間には、知られたくない秘密があるんじゃないかと、思うんです。それを、杉森が知っているとすると、彼が、逮捕されては、困るわけです。何を喋られるかわかりませんからね。それで、自分たちのことには、まったく触れない遺書を書かせた末に、猪苗代湖に連れ出して、殺してしまったんじゃないでしょうか？　こういう遺書を書いてくれれば、会員に頼んで、海外に逃亡させてやると、嘘をついてです」

「しかし、湯川と、中野の二人には、アリバイがある。二人とも、東京にいたんだろう？」

「そうなんですが、うまく抜け出して、猪苗代湖へ、行ったかも知れません」

5

十津川は、急がなければならなかった。

福島県警が、犯人、杉森光治の自殺によって、今度の事件が、終わったことを、宣言しようとしていたからである。

新潟県警も、それに同調しようとしていたし、東京の警視庁捜査一課にも、同じ空気が流れようとしていた。

日下と、西本の二人は、福島県警に行き、死体が、杉森に間違いないことを確認して、帰京した。

三上刑事部長は、それで、真犯人の杉森が、すべてを告白して自殺したとし、東京の捜査本部も、解散することに、決めてしまった。

十津川は、本多捜査一課長に、捜査本部の解散を、あと一日、待ってくれるように、頼んだ。

「理由は、杉森の死が、自殺とは、考えられないということかね？」

本多は、そんなあいまいなことでは部長を、説得できないと、いった。

「カメさんとも、話したんですが、杉森の遺書は、どう考えても、不自然です」

と、十津川は、いった。

「しかし、十津川君。君だって、連続殺人事件の犯人が杉森であることは、認めるんだろう?」

「そうです。杉森が、犯人であることは、間違いありません」

「それなら、なぜ、自殺が、おかしいと思うのかね。杉森の遺書にも、ちゃんと自分が岸本や今西たち五人を殺したと、書いてある。申しわけないから、自殺すると告白している。どこにも、おかしいところは、ないと思うがね」

「動機が、不自然です」

「それは、私も、感じるよ。動機は、確かに、君のいう通り、ごまかして、書いてある。しかしね。そこはわざと、事実を書かなかったんじゃないだろうか?」

「なぜですか?」

「男同士の愛情のもつれだろう。それを書けば、変な誤解を受けかねない。だから、嘘を書いたんじゃないかね」

「自殺を覚悟して、書いているはずなのにですか?」

「人間は、死ぬ瞬間にだって、自分を、飾りたてようとするものだよ。死ぬ時は、みんな正直に喋って死ぬものだというのは、嘘だと、私は思っている」

「それは、わかりますが、これは、自分を飾りたてる嘘じゃありません」

「じゃあ、どんな嘘だと思うんだね？」

「当然、杉森が、言及しなければならないことに、触れていません。それが、どうにも、不自然に思えて、仕方がないのです」

「当然、言及しなければならないことというのは、何だね」

「クラブ『泉』のことです」

「そうか。あのクラブのことか」

本多が肯いた。

十津川は、はっきりと、

「今度の連続殺人事件は、このクラブから、生れたものだと、私は思っているんです。それなのに、この遺書には、まったく書かれていないのです」

「それは、杉森が、わざと書かなかったんじゃないのかね。下手に書いて、迷惑がかかると思ってだよ」

「かも知れません。しかし、杉森はあのクラブに対する恨み、辛《つら》みもあったと思うのです。あのクラブになぞ、入っていなければ、殺人もせずにすんだのだという気持も、あったはずです。その気持を、なぜ、書かなかったんでしょうか？　逆に、この遺書には、犯行については、くわしく書いてあります。車で急行『奥只見』を追いかける途中で、チョコレートを買ったことまで、書いてあります」

「それで、良かったんじゃないのかね？」

「そうです。犯行について、くわしく告白してあるので、犯人が、死んでしまっていても、われわれには、支障がなかったわけなんですが、これも、自殺者の心理として、不可解です。自分の犯行を、誇示するような遺書を書いた犯人は、いますが、これは、そうじゃありません。まるで警察に対して、自供しているような書き方です。こう書けば、警察は、満足するだろうという書き方です。満足して、それ以上の追及はしないだろうと、読んでいるように、見えます」

「つまり、君は、誰かが、クラブ『泉』のことを、隠しておきたくて、杉森に、都合のいい遺書を書かせ、自殺に見せかけて、殺したと、いいたいんだね？」

「そうです」

「しかし、それを、証明できるのかね？」

「したいと思っています。それで、あと一日、時間が、欲しいのです。捜査本部が、解散してしまっては、もう、この事件を、調べようがなくなりますから」

と、十津川は、いった。

「何とか、部長を、説得してみるがね。今日一日以上は、無理だな」

と、本多は、いった。

新潟や、福島県警が、事件の終了を宣言しているのに、東京だけが、引き続き、捜査というのでは、困るということもあった。

それでも、本多は、何とか、今日一日は、引き延ばしてくれるだろうと、十津川は、思った。いつも、何とか、無理をきいてくれる課長である。

十津川は、湯川と、中野のアリバイを、徹底的に、調べさせた。

十津川は、この二人が、杉森を殺したとは思わなかったが、念のためである。その結果、二人とも、東京を離れていないことが、わかった。

亀井は、がっかりしたようだが、十津川は、予想していたことだった。この二人が、犯人なら、多分、もっと早く、自殺に見せかけて、殺しているだろう。

「すると、湯川と、中野は、無関係だったことになりますね」

亀井が、がっかりした顔で、いうのを、十津川は、

「いや、そう簡単には、いい切れないんだ。中野を、連れて来てくれないか」

「しかし、彼には、確固としたアリバイがありますよ」

「わかっている。彼は、犯人じゃない。だが、彼も、杉森殺しに、関係している疑いがあるんだ」

「なぜですか？」

「中野は、最初、杉森からは、何の連絡もないといった。ところが、しばらくしてから、電話をかけて来て、実は、電話が、かかっていたんだといった」

「共犯にでもなったら大変だと思って、あわてたんでしょう」

「いや、そうは思わないね。中野は、誰かと相談して、こっちに、連絡して来たんだと思うね」

「誰かといいますと？」

「もちろん、杉森を殺した犯人とだよ。中野は、犯人と、相談した。そして、一刻も早く、杉森に、自殺して貰わなければならないと考えたんだ。逮捕されて、いろいろと、喋られては、困ると、思ったんだろう。中野は、電話で、こんな風にいっていたじゃないか。杉森は、やたらに、自殺したいと、いっていたとね。しかも、只見線の沿線からの電話のようだったとも、いっていた。そのあとで、杉森が、自殺したという知らせが入って来たんだ。中野は、まるで、それを、予言したみたいだったよ」

「われわれに、杉森が、自殺しそうだという予見を与えておったということですか？」

「そうさ。犯人は、その間に、福島へ行き、杉森に遺書を書かせて、自殺に見せかけて、殺したんだ」

「その犯人というのは？」

「逃げる男でもないから、まず、中野を、脅《おど》してみよう」

と、十津川は、いった。

中野は、日下たちが、連れて来た。

中野は、蒼い顔をしていた。自分が、呼ばれるとは、思っていなかったのだろう。

6

十津川は、いきなり、高圧的に、出てみた。

「殺人犯人に、協力すると、大変なことになりますよ」

と、十津川は、いった。

「何のことですか？」

中野は、きいた。顔に、動揺の色が、見えた。

「あなたは、地位もあり、財産もある人だ。犯人を助けたとなると、その二つを、同時に失うことになりますよ」

十津川が、押しかぶせるようにいうと、中野は、黙ってしまった。

十津川は、十分に、手応えを感じた。

「正直に、話してくれませんか。杉森を、自殺に見せかけて、殺したのが、あなたでないことは、わかっています。しかし、今のままでは、犯人を助けたことになりますよ。共犯になります」

「――――」

「われわれは、あなたが、自分のために、そんなことをしたとは、思っていないのです。恐らく、あなたは、あのクラブ『泉』のために、犯人に協力したんだと思います。だから、あなたの口から、話をして貰いたいのですよ。誰が、何のために、杉森を、自殺に見せかけて、殺したのか、話してくれませんかね。もし、あなたが黙っていて、犯人が逮捕されると、あなたは、共犯者になりますよ」

「私は、何もしていませんよ」

「いや、あなたは、犯人に、杉森の居所《いどころ》を教えた。犯人は、それによって、杉森のところへ行き、遺書を書かせ、自殺に見せかけて、殺したんです。そのことは、あなたにも、よくわかっているはずですよ」

「あの遺書は、杉森さんが書いたものでしょう？」

「そうです。しかし、騙《だま》されて、書かされたものです。それは、証明できるんですよ。その時に、実は、といっても、もう、おそいんです。私が、あなたに、来て貰ったのは、話を訊きたいこともありますが、同時に、あなたに、チャンスをあげたいという気持もあるんです。今ならば、あなたは、警察への協力者で、共犯じゃない。しかし、われわれが、犯人を逮捕した時は、あなたも、その共犯として、逮捕しますよ」

「犯人が、わかっているんですか？　それなら、逮捕したらいいじゃありませんか」

中野は、精一杯の虚勢を張って、十津川にいった。

「協力してくれませんか？」

「何のことかわかりませんのでね」

「では、犯人がわかっている証拠を、見せましょう」

十津川は、手帳のページを破り、それに、名前を書いて、中野に渡した。

「その男が、杉森を、自殺に見せかけて、殺したんじゃありませんか？」

と、十津川は、訊いた。

中野は、身体をすくませてしまった。

7

「なぜ、そういえるんですか？」

中野の声が、ふるえていた。

「考えれば、すぐ、わかることですよ。どうしますか？　われわれに、協力しますか？　それとも、共犯として、逮捕されたいですか？」

「わかりました」

中野は、完全に、ぶるってしまったようだった。

「あなたは、杉森の居所を、知っていたんですね？」

と、十津川は、訊いた。

「知っていました。猪苗代湖の近くの旅館でした」

「それを、彼に、話したんですね」

「どうしていいか、わからないので、警部さんが去ったあと、相談したんです。自首をすすめるべきなのか、どうかについてです」

「杉森は、何と、いっていたんですか？　自殺したいとは、いっていなかったんじゃないですか？」

「そうなんです。私に、どこかに逃がしてくれないかと、頼んだんですよ」

「そうだと思いました。それで、あなた自身、どうしていいかわからなくて、彼に、相談したわけですね？」

「ええ」

「彼は、どういいました？」

「何よりも、クラブの名誉を守ることが、第一だといいました。杉森さんが、逮捕された時、クラブについて、何を喋るかわからない。そうなったら、立派なクラブを閉めなければならなくなる。それで、あなたは、杉森さんが、自殺したがっていたと、警察へ電話してくれと、いわれたんです」

「その時、彼が、杉森を、殺しに行くと、思いましたか？」

「いや、説得に行ってくると、いっていましたからね。捕まっても、クラブのことは、いわないようにと、説得するんだと、思っていたんです」

「しかし、彼は、杉森を殺したんです。自殺に見せかけてね」

「それ、本当なんでしょうか？」

「彼は、どういっているんですか？」

「自殺してくれたので、助かったと、いっていました。だから、自殺したんだと、思っていましたがね」

「本当に？　少しは、疑っていたんじゃありませんか？」

と、十津川は訊いた。

「私は、彼を信頼していましたから、別に、疑いませんでした。ただ、杉森さんは、私に向って、とにかく、海外へ逃げたいと、いっていましたからね。どんな風に、収拾《しゅうしゅう》するのかなと、心配はしていたんです。殺人容疑者を、勝手に、海外へ逃亡させれば、大変なことになりますから。ですから、彼が、自殺したときいて、私も、正直いって、ほっとしたんです。といっても、今、警部さんがいわれたように、どうして、杉森さんが、素直に、自殺したのだろうかという疑問は、持ちましたよ。しかし、もう死んでしまったんだから、何もいうことはないなと、自分にいいきかせたんです」

「杉森光治は、自殺したんじゃなく、自殺に見せかけて、殺されたんだときいても、別に、驚きませんか？　ひょっとするとは、思っていたんじゃありませんか？」

「そうですねえ」

と、中野は、しばらく考えていたが、

「あの人なら、ひょっとすると、クラブを守るために、そのくらいのことは、しかねないと思います。しかし、彼は、自分のために、そんなことをしたとは、思いませんね」

8

十津川と、亀井は、「あの人」に会いに、銀座に出かけた。

今夜も、銀座は、ネオンに彩《いろど》られている。着飾ったホステスが、急ぎ足に歩いて行く。タクシーが、あふれ、エリートサラリーマンらしい男たちが、ビルの階段を、お目当てのクラブに向って、昇っていく。

しかし、クラブ「泉」のある雑居ビルの一角だけは、暗かった。

エレベーター内の「泉」の押しボタンの横には、〈しばらく休ませていただきます〉と書いた紙が貼ってあった。

「誰も、いないんですかね？」

亀井が、ボタンを押しながら、いった。

「いや、ひとり、いるはずだよ」

十津川がいった通り、インターホンに男の声が応えた。

「いなければ、おかしいんだ」

室内で、人の動く気配がして、ゆっくりと、ドアが開いた。

事務長の大石が、顔を出した。

「入っていいですか？」

と、十津川が、訊いた。

大石は、眉をひそめながらも、

「駄目だといっても、入ってくるんでしょう」

と、いい、二人を、中に入れてくれた。

奥の事務長室に、案内された。

机の上には、書きかけのスケジュール表が置いてあった。

「何をされていたんですか？」

と、十津川が、訊いた。

「今度の事件が、沈静化したら、このクラブを再開するので、その準備をしていたんですよ。会員の皆さんからも、一刻も早く、クラブを開けて欲しいという電話が、引きも切らずです。新しく会員になりたいという手紙も、この通り、たくさん来ているんですよ」

大石は、百通近い手紙の束《たば》を、十津川に、見せた。

大石は、その中の一通を、読んでみせてくれたが、手紙の主は、大会社の部長で、ホステス相手に飲むのにもあき、ゴルフもつまらなくなった、時には、まじめに、政治や、経済について話をしたいのだが、相手がいない。妻の興味は、世間話や、子供のことに限られているし、その子供たちは、遊びに夢中だ。だから、自分の捌《は》け口がない、ぜひ、クラブ「泉」のメンバーにして貰いたい。今のままでは、自分が、駄目になってしまう。そんな手紙だった。

「ここにある手紙は、全部、同じ内容です。教養のある男の人たちは、このクラブの存続を願っているんです。ですから、私は、このクラブを、再開するだけでなく、大きくしていくことが、私の使命だと思っています」

「だから、杉森を殺したんですか？」

「――――」

一瞬、大石の眼が、宙で止まった。

それから、びっくりしたような眼で、十津川を見た。

「杉森を、殺しましたね」

と、十津川は、断定するように、いった。

「そんな――」

といいかけたが、大石の声は、弱々しかった。

「あなたが、杉森を、自殺に見せかけて殺した理由は、よくわかる。あなたは、このクラブが好きなんだ。誇りなんだ。それを、守ろうとしたことは、よくわかりますよ。杉森は、破れかぶれになっているから、このクラブについて、何をいうかわからない。おぞましい噂が流れることになったら、クラブは、閉鎖されることになりかねない。あなたには、それは、耐えられない。だから、猪苗代に行って、彼の口を封じた。違いますか？」

「――――」

「あなたなら、杉森に、自殺するという遺書を書かせることができた。このクラブの会員には、有力者が、何人もいる。外務省の役人もいれば、航空会社の役員クラスもいる。あなたは、杉森に会って、メンバーの全員が、協力して、あなたを、海外へ逃がそうとしている。その代り、あなたは、自殺するという遺書を書いてくれ。死んだことにすれば、警察も、追及しないだろう。偽造パスポートも、作りやすい。そういって、杉森を、説得した。杉森は、あなたを信用して、遺書を書いた。まったく、このクラブのことに触れていないのは、あなたがそういう遺書を書いてくれと、頼んだからだと思う。遺書ができたあと、あなたは、杉森を、湖へ連れ出して、殺したんだ」

「――――」

「あなたのアリバイも調べましたよ」

「――――」

「あなたは、ずっと、ここに詰めていた。クラブの再開に備《そな》えてですよ。ただ、杉森が、猪苗代湖で死んだ日は、ここにいなかった。違いますか？」

「――――」

「違いますか？」

十津川が、重ねて訊くと、大石は、急に、肩を落とした。

「どうして、わかったんですか？」

と、大石は、十津川に、訊いた。

十津川は、微笑して、

「杉森の遺書が、あまりにも、このクラブについて、触れていなかったからですよ。

杉森にとって、クラブ『泉』は、非常に、大事なところだったはずです。死ぬ時には、当然、クラブについて、触れてなければ、おかしいんだ。ところが、まったく、触れていない。これは不自然ですよ。もし、少しでも、クラブのことが書いてあったら、私は杉森の自殺を疑わなかったと思いますね」

「私はね、警部さんのいったようにこのクラブが好きなんですよ。私の生き甲斐《がい》ですよ。だから、ほんの少しでも、このクラブが、傷つけられたくなかったんです。それなのに、杉森さんは、中野さんに向って、このクラブに入ったために、人殺しをすることになってしまったと、文句をいっていたというのです。放っておいたら、何をいわれるかわからない。私は、このクラブを守りたかった。それだけなんです」

「わかりますよ」

と、十津川は、いった。

亀井が、電話で、パトカーを呼んだ。

大石は、机の上を片付けると、ネクタイを、きちんと直してから、

「さあ、行きましょうか」

と、自分から、十津川たちを、促した。

下に降りると、パトカーが、到着した。十津川と、亀井は、それに、大石を乗せ

た。

大石を乗せたパトカーが、走り去るのを、十津川と、亀井は、見送った。

二人は、夜の街を、歩いた。

「あのクラブは、どうなるんですか？　殺人犯人が、二人も出たのでは、今後、やっていけなくなるんじゃありませんか？」

歩きながら、亀井が、きいた。

「閉鎖されるかも知れないが、社会が、要求していれば、同じようなクラブが、また、生れるさ」

「男だけのクラブですか」

それを、すれ違った若い女性たちの明るい笑い声が、かき消していった。

本書『急行奥只見殺人事件』は、実業之日本社より一九八五年十一月新書判で、角川書店より八九年四月文庫判で、さらに実業之日本社より二〇〇六年五月新装版新書として刊行されました。

なお、本作品はフィクションであり、実在の個人・団体などとは一切関係がありません。また、只見線の会津川口―只見間は、二〇一一年に発生した大雨による被災のため、本文庫刊行時点ではバス代行輸送となっています。その他、路線名、駅名、列車名、風景描写などは、初刊時のままにしてあります。

急行奥只見殺人事件

一〇〇字書評

切り取り線

購買動機（新聞、雑誌名を記入するか、あるいは○をつけてください）	
□（　　　　　　　　　　　　）の広告を見て	
□（　　　　　　　　　　　　）の書評を見て	
□ 知人のすすめで	□ タイトルに惹かれて
□ カバーが良かったから	□ 内容が面白そうだから
□ 好きな作家だから	□ 好きな分野の本だから

・最近、最も感銘を受けた作品名をお書き下さい

・あなたのお好きな作家名をお書き下さい

・その他、ご要望がありましたらお書き下さい

住所	〒				
氏名		職業		年齢	
Eメール	※携帯には配信できません	新刊情報等のメール配信を 希望する・しない			

この本の感想を、編集部までお寄せいただけたらありがたく存じます。今後の企画の参考にさせていただきます。Eメールでも結構です。

いただいた「一〇〇字書評」は、新聞・雑誌等に紹介させていただくことがあります。その場合はお礼として特製図書カードを差し上げます。

前ページの原稿用紙に書評をお書きの上、切り取り、左記までお送り下さい。宛先の住所は不要です。

なお、ご記入いただいたお名前、ご住所等は、書評紹介の事前了解、謝礼のお届けのためだけに利用し、そのほかの目的のために利用することはありません。

〒一〇一‐八七〇一
祥伝社文庫編集長　坂口芳和
電話　〇三（三二六五）二〇八〇

祥伝社ホームページの「ブックレビュー」からも、書き込めます。
http://www.shodensha.co.jp/bookreview/

祥伝社文庫

急行《きゅうこう》奥只見《おくただみ》殺人《さつじん》事件《じけん》

平成30年1月20日　初版第1刷発行

著　者　西村《にしむら》京太郎《きょうたろう》
発行者　辻　浩明
発行所　祥伝社《しょうでんしゃ》
東京都千代田区神田神保町3-3
〒101-8701
電話　03（3265）2081（販売部）
電話　03（3265）2080（編集部）
電話　03（3265）3622（業務部）
http://www.shodensha.co.jp/

印刷所　萩原印刷
製本所　積信堂
カバーフォーマットデザイン　芥 陽子

Printed in Japan ©2018, Kyotaro Nishimura　ISBN978-4-396-34384-2 C0193

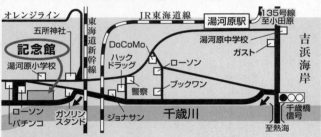

西村京太郎ファンクラブのお知らせ

会員特典（年会費2200円）

◆オリジナル会員証の発行
◆西村京太郎記念館の入場料半額
◆年2回の会報誌の発行（4月・10月発行、情報満載です）
◆抽選・各種イベントへの参加（先生との楽しい企画考案中です）
◆新刊・記念館展示物変更等のハガキでのお知らせ（不定期）
◆他、追加予定!!

入会のご案内

■郵便局に備え付けの郵便振替払込金受領証にて、記入方法を参考にして年会費2200円を振込んで下さい　■受領証は保管して下さい　■会員の登録には振込みから約1ヶ月ほどかかります　■特典等の発送は会員登録完了後になります

［記入方法］**1枚目**は下記のとおりに口座番号、金額、加入者名を記入し、そして、払込人住所氏名欄に、ご自分の住所・氏名・電話番号を記入して下さい

郵便振替払込金受領証　窓口払込専用

口座番号	00230-8-17343	金額	2200
加入者名	西村京太郎事務局	料金	（消費税込み）
		特殊取扱	

2枚目は払込取扱票の通信欄に下記のように記入して下さい

通信欄
(1) 氏名（フリガナ） (2) 郵便番号（7ケタ）※必ず7桁でご記入下さい (3) 住所（フリガナ）※必ず都道府県名からご記入下さい (4) 生年月日（19××年××月××日） (5) 年齢　(6) 性別　(7) 電話番号

※なお、申し込みは、郵便振替払込金受領証のみとします。
メール・電話での受付は一切致しません。

■お問い合わせ（西村京太郎記念館事務局）
TEL 0465-63-1599

〈祥伝社文庫　今月の新刊〉

盛田隆二
残りの人生で、今日がいちばん若い日
切なく、苦しく、でも懐かしい。三十九歳、じっくり温めながら育む恋と、家族の再生。

西村京太郎
急行奥只見《おくただみ》殺人事件
十津川警部の前に、地元警察の厚い壁が…。浦佐から会津へ、山深き鉄道のミステリー。

瀧羽麻子
ふたり姉妹《しまい》
容姿も人生も正反対の姉妹。聡美と愛美。姉の突然の帰省で二人は住居を交換することに。

橘かがり
扼殺《やくさつ》　善福寺川スチュワーデス殺人事件の闇
『恋と殺人』はなぜ、歴史の闇に葬られたのか？　日本の進路変更が落とした影。

簑輪　諒
うつろ屋軍師
秀吉の謀略で窮地に立つ丹羽家の再生に、空《うつ》論《ろ》屋と呆れられる新米家老が命を賭ける！

富田祐弘
忍びの乱蝶
織田信長の台頭を脅威に感じている京の都で、復讐に燃える女盗賊の執念と苦悩。